有种称呼叫最佳队友

有种可靠叫你的名字

T R U E

有种称呼叫最佳队友 有种可靠叫你的名字

# 真相是真

西皮 主编

以·团·之·名

长江出版社 CHANGJIANGPRESS 漫娱图书

# 主角

THE ONLY ONE

BOT墙

此·生·唯·一

© 主角 BOT
我是你人生电影里的最佳配角
你在的每一个瞬间，都是晴天
愿我是白云守护你的蓝天

WE ARE TRUE FRIENDS

@super_JIKE

A 和 B 是欧洲某女排国家队和俱乐部的双料队友。

两个人携手打遍各类大赛，出发前一定会一起自拍。

B 是出了名的冷面冰山，无论球打得多么好，永远不会有什么表情变化，但和 A 所有的合照都会笑得很开心。

B 的 INS 里只有三个内容：自拍，狗狗，A。

A 的 INS 是私密的，很长时间没有同意粉丝的关注申请了，但却频频出现在 B 的 INS 里。

两个人一起打球，一起度假，每年都会在一起过圣诞节。

前些天，许久未更新自拍的 B 带着 A 一起出去玩了。

A 在接受采访的时候被问道："如果你遇到危险，只会有一个女孩子去救你，你认为会是谁？"她毫不犹豫地说："我认为一定会是 B，她是我的好朋友，是我永远的朋友。"

A ______ B ______

主角 Leading Role

BOT BOT BOT BOT

WHAT IS THE TRUTH BOT

UE FRIENDS

MAIN CORNER WALL

WHAT IS THE TRUTH BOT

@菜就不能打中单吗

A 和 B 是同一个俱乐部的选手，A 是 B 的核心装备。赛场上，A 是边路，他的大永远给 B；A 是打野，第一个红都会给 B。人们总说 B 是赛场上最会刷钱的男人，因为他背后有一个永远让钱的 A。

同时，无论什么情况，B 永远都会给 A 踩灯。他们的开大式庆祝今年又看见了。

赛场外，他们是两家一起过年的人，是大年初一还在双排的人。

一次娱乐比赛，B 被对面抓了，整个语音里面是 A 的大喊："B 快跑！"

今年年初的活动，B 开玩笑地选择了粉丝的惩罚"A 亲 B 一口"，结果 A 自己选择单膝下跪亲 B 的手，还说，如果不是亲眼所见都不相信这个是 B 选的。

他们之间说过许多土味情话，可我更喜欢他们直播时候的小互动。还有，我相信，他们会拿到属于他们的冠军。

A ______ B ______

& 主角 BOT 墙

BOT

WE ARE TRUE FRIENDS

@超喜欢冰激凌啦

有次签售会，一位粉丝在纸张上写 A 最喜欢谁，A 写喜欢 B，因为 B 长得帅；这位粉丝又在另一张纸上写“B 画一下你的恋人”，B 画了一个有肌肉的小人，并在下面写上了 A 的名字 ~

@拥抱玫瑰林

讲讲十八楼那对小竹马的故事。

一次日常物料，工作人员问他们两个是什么关系，A 搭着 B 的肩说：“我是个坏人，我在带坏他。”

一次训练记录，B 蹲在墙角哭，一向调皮话多的 A 只是沉默着在经过他身边的时候摸了摸他的头。

还有一次团综，Staff 让 B 挑一个理想弟弟，B 问有没有愿意当他弟弟的，其他弟弟都开心地看着他点头，只有 A 说不愿意，因为他想当他哥哥。

一次夜晚的路演，A 从假树下钻到 B 的身边，伸手指向月亮示意 B 看，B 笑着抬起头看月亮，A 笑着看着 B。那天的月亮一定很美。

A ________ B ________

主角 Leading Role

BOT

UE FRIENDS

MAIN CORNER WALL

@鹿离桦 FORGER

&主角 BOT 墙

国内某视频网站不知名 UP 主 A 和 B，他们和其他朋友一起玩游戏，A 一直进不来，大家都走了往前玩了，只有 B 一直在等 A，一直在等，不停地问 A 怎么样了，在原地不停地挪，找 A 掉落的地方说要接 A，还说【看谁是能接到小 A 幸运儿呀 ~】

玩的期间 B 还偏心，偷偷跑到 A 的直播间送礼物

后面另一个游戏简直了，其他人都溜了，就剩他们两个，B 叫 A 把他打死那样 A 还能凑点分，但是 A 说永远不会背叛 B，然后 B 就叫 A 一起上飞机，但是 A（游戏里的身份没有达成目标）不能上，于是 B 又叫 A 打死他，A 就是不打，这时候有熊扑上来了。

A：“快走！我拖住它！快走！”

B：“我要来救你！！”

A：“快走！！”

后来两个人把熊杀了，但是只有 B 能离开，A 就说：“我能站在潜艇底下看着你上船，值啦！”泪别的时候两个人狂哭。

A ________ B ________

BOT

@智旻尼的糯米团子铺

A 和 B 是团里的同年亲故，是队内公认的 Soulmate。

A 和 B 作为团里年龄较小的两个，会时不时地撒娇，其中，A 很喜欢假哭，甚至是在大型年末典礼。而每次 A 假哭的时候 B 会真的担心，会用袖子擦不存在的泪水，在别的队友说 A 不经常哭的时候一直摇头。

因为只有他知道，“A 经常哭的”两人常一起偷偷地哭，有时是在深夜的厕所，有时是在凌晨的公园，明明是来安慰 A 的 B，总是会比 A 哭的还凶。

A 不像 B 那样直白的表达，所以 A 会给 B 写信，在 B 生日时，在旅行即将结束时，一字一字地写下感谢。

“陪伴我哭和笑的只有 B，能和你一起出道我很高兴。”

A ________ B ________

BOT BOT BOT BOT

LOVE
THE
MOST
想向世界说
说他们的好
WHO ARE THEY

WHO ARE THEY

1

电竞界狙击
钢铁直男
×
声娇软萌
主播小姐姐
所以他们是 ________

2

高智商侦探
小能手
×
空手道黑带
痴情初恋女友
所以他们是 ________

3

魔法世界
暗黑势力之主
×
柔情似水
心思细腻大小姐
所以他们是 ________

4

荣耀教科书式
慵懒大魔王
×
炸毛狂傲
自信小太阳
所以他们是 ________

WHO ARE THEY

5

风流浪子
爱玩视帝
×
温柔第二眼
甜美女星
所以他们是 ________

WHO ARE THEY

## 认出来，就在一起吧！

WHO ARE THEY

6

温柔高智商
鉴宝达人
×
沉默寡言
武力爆表小哥

所以他们是 ________

WHO ARE THEY

7

迟钝系热心
音乐剧前辈
×
共情力超强
阳光对手

所以他们是 ________

WHO ARE THEY

8

天赋异禀
眼镜救世主
×
矜贵傲娇
庄园小少爷

所以他们是 ________

9

阳光护短
硬汉款男神
×
超可爱
情歌小王子

所以他们是 ________

WHO ARE THEY

10

笨蛋精分
犬系徒弟
×
美貌暴躁
猫系师傅

所以他们是 ________

TOGETHER

# THE BEST TEAMMATE

WHAT IS THE TRUTH

THE BEST TEAMMATE

THE BEST TEAMMATE

# 目录

THE BEST TEAMMATE

THE BEST TEAMMATE

文/雾宅宅宅

# ALWAYS

他是这世上最聪明、最美好、

最伟大的人，他值得活着。

??

170

??

WHAT IS THE TRUTH

ALWAYS
??
184
??
在燃剩的灰烬前，
他也曾是一团火焰。

# ALWAYS

文/雾宅宅宅

*永远搞CP，永远热泪盈眶。*

## 01

罗西有一个秘密。一个非常重要、只有她一个人知道的秘密。

她能看见夏洛克·福尔摩斯。

不是指她的父母给她看的照片或者影碟，也不是指他们带她去的那块墓地，她是指，她能看见真正的、会动的、会跟她说话的夏洛克·福尔摩斯。

那个穿长风衣的男人第一次出现在她的记忆里，是她三岁多时，父母带她去了贝克街221B。那时她才刚记事不久，所以也是她第一次记得221B。那儿离她家不远不近，开车大约要用上四十分钟，一路上她扒着车窗，用小孩子对一切都感到新奇的眼光打量沿路的楼房。迎接他们的是她的教母哈德森女士，她经常去看罗西，因而罗西早就记住了她。玛丽把车停在街边，哈德森女士邀请他们进去，携妻带女的男人犹豫片刻才点点头，跟随老妇人踏进房门。

三个大人坐在桌边聊天，坐不住的罗西偷偷跑开。出于探索心，她有些艰难地迈着小短腿、手脚并用地爬上了二楼楼梯，这花了她不少力气。当她终于出现在二楼房间门口时，在没有拉开窗帘的黑暗中，她看见有一个男人坐在正朝门的沙发上。他双手指尖并拢抵住下巴，饶有兴趣地盯着出现在他视野里的金发小女孩。

“罗莎蒙德 · 玛丽 · 华生。”卷发男人颇为肯定地开口。

“你是谁？”罗西走近沙发，仰头问道。

“我上次见你的时候你还是个婴儿。”他低头对上女孩蓝色的眼睛，“约翰终于带你来了。是玛丽劝他来的。考虑到他经历过的事情和他的心理状态，他现在才来是情有可原的。但我希望他能早点来，等待太无聊了。”

才三岁多的孩子努力眨眨眼，还是没能明白这一串语速过快的话，于是她坚持问自己的问题：“你是谁？”

“哦，即使是福尔摩斯家最笨的小孩都应该要提出更高级点的问题了，虽然你是约翰的女儿。”男人站起身，扯扯身上的长风衣，把它拉平整，直直地看向楼梯口。

罗西听见有上楼的脚步声，伴随着哈德森女士的声音：“我没有出租上面的房子。麦克罗夫特带人来收拾过东西，但大体还是原来那样……”

他们正在上楼，她父亲走路的声音听起来一重一轻。从今早他们决定来贝克街开始，约翰的腿就变得一瘸一拐，所以开车都是玛丽代劳的。

受了委屈的小女孩跑到楼梯口，问她的父亲：“那个男人是谁？”

正绕过楼梯拐角的人顿住，抬头怔怔地盯着他女儿。

罗西又重复一遍："那个卷头发的男人是谁？"

约翰·华生的眼睛突然亮起来，他放开楼梯扶手，快速地跨步跑上楼梯，冲进二楼房间，高声大喊："夏洛克！"

但没人回他。

罗西往旁边让了一步，险些被她父亲撞到。她从没看过自己父亲这个样子。在她刚记事不久的记忆里，她的父亲是个平凡的中年人，过着平淡的生活。他定时去看心理医生，在离家时亲吻妻子的额头，微笑着跟邻居打招呼，抱她在院子里玩耍。安静的夜晚里，他偶尔会坐在椅子上对着电脑发呆，手扶住额头，沉默得像燃尽了的火堆。

而他现在就像那堆火又燃起来了，他的眼底跳动着罗西还不明白的情绪，炙热得如同爆炸。

他打开卧室门、浴室门、厨房门，他翻找衣柜、桌底，甚至是摆满书的书柜，他喊道："夏洛克！出来！我原谅你又装死！"

随后跑上来的玛丽和哈德森女士也在房间里到处翻找，直到翻遍所有地方，他们才重新回到客厅。罗西像是被吓住了，呆呆地望着他们。

她不知道为什么他们要这么到处寻找，明明那个男人就在那儿，站在壁炉边，一动不动、默不作声地看着他们跑来跑去把屋子翻得乱七八糟。他的嘴紧抿着，嘴角向下，眼帘低垂，眉间皱起沟壑。罗西抬起小小的胳膊，指向壁炉边上穿着黑色风衣的男人："就是他呀，爸爸。"

约翰转过头去，在客厅中央茫然地站了不知多久，接着环顾四周，把视线钉在壁炉上方。他缓慢地走过去，腿一瘸一拐的。现在，罗西看见她的父亲跟那个不知名的人离得很近了，近得伸出手就能拥抱。站在那的高个子紧张地往后靠了靠，睫毛微微颤抖。

她的父亲真的伸出了手。

然后那只手穿过了那个人，拿起挂在壁炉墙上的一张照片。

罗西惊异地睁大眼，看着被一只手从身体中间穿过的人。现在那个人又变回了原来的表情，绿色的眼睛紧盯着面前的人。

约翰一点点往后退，直到退到红色沙发旁，像被绊倒似的跌进满是尘埃的沙发里。他的眼里像残留着爆炸后的废墟，被浇灭的希望如同眼泪。许久，他拉过罗西，给她看那张照片。照片上是两个人，一个是她的父亲，开怀大笑；另一个是壁炉前的男人，穿着跟现在一样的黑色大衣，似乎不太情愿照相，但还是把手搭在她父亲身上，露出一个笑容。

“这是夏洛克，”她的父亲说，“夏洛克·福尔摩斯，你的教父……我最好的朋友。”他垂下头，手肘撑在膝盖上，手掌扶住额头，遮住眼睛，照片从他的手里滑落。玛丽在他身后，手放在他肩上。

罗西看见夏洛克蹲下来，似乎想伸出手拥抱约翰，又把手伸向那张照片试图把它捡起来，而他的手拿不住照片。

罗西把照片捡了起来，放回她父亲的膝盖上。她的教父虚拍了一下她的头，微笑道：“好孩子。”

## 02

罗西还不明白为什么他们看不见夏洛克·福尔摩斯，为什么他们要这么疯狂地寻找他，为什么他们都看起来那么悲伤。但从那以后，她的父亲开始跟她讲关于夏洛克·福尔摩斯的故事。讲他们的历险，讲夏洛克是多么聪明得让人讨厌，讲夏洛克是多么勇敢得让人怀念，讲他如何来，如何走。那些故事听起来很遥远，如同跌宕起伏的电影，跟他们的生活太不相关。

她会问她的父亲："爸爸，你用枪杀过人？""你去破过很多案子？""你被很多警察追？"

多不可思议！这个闲暇时最多看看报纸写写博客，走路慢悠悠，庸庸度日的中年人，曾有过那么精彩的历险吗？她差点怀疑是父亲在用故事书骗她。而约翰只是无奈地笑道："是啊，我曾经是。"

在燃剩的灰烬前，他也曾是一团火焰。

但他们没有再去过贝克街，罗西也没有再见过夏洛克·福尔摩斯。她在成长的过程中懵懵懂懂地试图理解她父亲讲的故事，也有些怀疑自己当初见到的是不是幻觉。直到有一天，她的父母给她换上了黑色的衣服。她讨厌黑色，于是瘪着嘴不高兴，但她的父母没有妥协。他们也穿着黑衣，表情严肃。

那天，他们再次去了贝克街。

这次他们一起上了二楼，罗西一眼就看见那个男人还在那儿，真实得很。他还穿着和上次一模一样的大衣，双手插在口袋里。看着他们出现在楼梯口，他的目光在约翰身上停留五秒，扫过玛丽和哈德森女士，最后停留在小女孩脸上，跟她比了个噤声的动作。

"这几天我又打扫了一下。"哈德森女士说，"今天莫莉也来了，晚点麦克罗夫特和格雷格应该也会来。"她的声音落下后，没人再接话。一排大人静默地站在因为少了一个重要的人而显得太过空旷的房间里，只有罗西在悄悄地跟夏洛克做鬼脸。

约翰缓慢地走到夏洛克之前常坐的沙发前，伸出手拍拍沙发背，些许在打扫中逃脱的微尘在阳光中扬起。他深呼吸一口气，开口："这是……第四年。夏洛克。

“上次你装死的时候，我祈求你给我一个奇迹……你听见了。我还想再……”他喉咙仿佛被堵住了，连吞咽空气都艰难，“再求你一次。”

他的声音带着鼻音，每次沉重的呼吸都像微弱的抽泣。

“不，要。”他停顿很久，胸膛激烈地起伏。玛丽走过去，握住他颤抖的手。他从快噎死自己的情绪里挤出最后一个词：“死。”

不要死，夏洛克。

他知道自己或许是太过贪心，但得到过一次奇迹的人总是会止不住地祈祷第二次奇迹。他值得这个奇迹，不是约翰·华生值得，而是夏洛克·福尔摩斯值得。他是这世上最聪明、最美好、最伟大的人，他值得活着。

他应该要活着。

罗西看见卷发男人伸手，小心地覆盖在约翰放在沙发背上的手上。约翰垂头站在那儿，如同被抽去了生气的木偶，空洞僵硬。过了许久，他咬咬嘴唇，加上最后一句话。

“我很想你，夏洛克。”

只有罗西听见了那句回答。

“我也很想你，约翰。”

## 03

罗西长到六岁时，去看夏洛克的机会就多了很多。

约翰和玛丽重新开始了诊所的工作。这是一份再正常不过的工作，没有凶案、枪，没有凌晨在大街上的奔跑、令人心惊胆战的意外和环环相扣的阴谋，没有敌人、士兵和战场——也没有夏洛克·福尔摩斯。

他们有时忙得没法好好照顾罗西，而愿意替他们来带个聪明可爱小女孩的人多得要排队：黑老大的前任妻子、罗西的教母哈德森女士，女孩的另一个教母莫莉，自称每天忙得脚不沾地的苏格兰场警长格雷格，掌握帝国生死的高级官员麦克罗夫特。他们激烈地竞争对罗西的临时照看权，麦克罗夫特甚至使出过临时外派格雷格去千里之外办案的损招。但决定权还是在罗西手里，而罗西最喜欢去的是哈德森女士家。倒不是说哈德森女士跟她玩的游戏比莫莉的更有趣，也不是她照顾得比格雷格更细致，也不是她家的茶点比麦克罗夫特提供的更好吃（她得承认，麦克罗夫特的甜点最好吃了），只是因为去哈德森女士那儿意味着她可以去221B，去见夏洛克·福尔摩斯。

跟哈德森女士聊过一会儿之后，她就会爬上空旷的二楼。等老太太把茶点送过来之后，她会摆出最为可爱、让人无法拒绝的神情，称自己要看书，请她的教母在楼下看电视就好。

罗西坐在被仔细保养了的红色沙发上，书摊在膝盖上，学着对面的人，双手交叉放在下巴前，稚嫩的脸上试图装出严肃思考的神情。

“夏洛克，”她最开始问，“爸爸和妈妈说你已经死了，为什么我看得见你？”

“这是一个复杂的问题，涉及超自然科学、宇宙构成、磁场、神秘学等多个领域。在我作为客观可触摸物质存在时——”

“你是说在你死之前？”

“——这是一种不够严谨的表述，但按你们的理解差不多。在我死前，我不太关注这方面的研究，因为我接触的所有死亡案例都没有任何线索显示人死之后还存在。在客观意义上我已经死亡了，而出于某种原因你能看得见我。我还没找出这个原因，毕竟我现在不能翻阅任何东西，也不能离开 221B……”

“所以你是一个只有我才看得见的‘幽灵’？”罗西打断他的话。

夏洛克一愣，点点头：“也可以这么说。”

“酷！”小女孩举起手，“击个掌！”

“幽灵”侦探歪头盯着她小小的手掌，然后伸出手去，将他半透明的、没有实体的手放在孩子高举的手前，看起来就像他真的接触到了她的手。这次击掌没有声音、没有触感，但他们确实感觉到了温度，从他们手掌相接的地方开始，暖意蔓延开来。

“酷。”夏洛克声音上扬，笑着模仿罗西的语调。

夏洛克并没有特意叮嘱罗西不能说“幽灵侦探”这回事，但罗西把这当成是专属于自己的小秘密，像藏着一颗全世界最好吃的糖果。秘密，早慧的小女孩得意地想，这是她自己的秘密。有了秘密，就是成长了一步，她成长得多快才能像夏洛克一样呢？她到什么时候才能成长到能触碰夏洛克的思维宫殿、哈德森女士的红色跑车、她母亲藏在裙摆下的手枪、她父亲时常对着发呆的日志呢？

只有她看得见的幽灵总是指使她做事，像他曾经毫不客气地指使约翰一样。

他狠狠地嘲笑了约翰给小女孩买的故事书，让她丢下那些印着彩色小动物图案的童话，去帮他翻阅堆得比女孩还高的大部头。

罗西费力地抱起一本古老书籍，这是她根据侦探的指示去拜托麦克罗夫特弄来的。她小心翼翼地把它放在膝头，翻开陈旧的书页。

“神秘学哲学……阿格里帕……”罗西吃力地读出对她来说太过高深的词句，小小的手指点过一个个字母。而坐在她身边看书的夏洛克丝毫没顾及她遇到的阅读困难，一目十行地看完一页，挥手道：“翻页。”罗西只好放弃自己刚读了两个单词的章节，帮没办法碰触东西的幽灵翻页。

尽管她早慧得很——虽然在福尔摩斯看来可能还得再努力，但罗西也还只是个被父母宠成小公主的小女孩。

她也偶尔耍小孩子脾气，瘪嘴罢工，气鼓鼓地瞪着夏洛克：“你都已经死了，看这些有什么用！”

卷发男人的动作一滞。他嘴唇紧抿，眉毛没皱起来，像是连皱眉的力气都没有似的耷拉在宽而长的额头上。他那双显微镜般能迅速找出所有线索的眼睛垂下来，盯住金发女孩跟她父亲一样的蓝色眼睛。罗西立刻后悔了，她眨眨眼，鼓起的脸颊收了回来，可怜巴巴地露出一个祈求原谅的微笑：“对不起……”

“——我需要搞明白，”夏洛克的手压在那本书上，“我到底为什么存在以及怎样会消失。我不知道这是否算第二次活的机会，如果是，我该不该告诉他们：哈德森女士、莫莉、玛丽、麦克罗夫特……约翰。但假设他们知道我存在，我得保证我不会突然消失。至少，不是再一次 (Not again)。”

他喃喃地再次重复了一遍："……不能是再一次 (Not again)。"

罗西再没在这件事上跟夏洛克顶过嘴。她认真地研读那些书籍，一手给夏洛克翻书，一手捧着侦探已经看完的另一本书努力去理解里面讲的东西。

不去 221B 的时候，她在自己房间里堆了一整个书柜的大部头，拒绝了父母给她买的童话故事书。

约翰最初担心地在她书桌前欲言又止，最后还是被玛丽劝服了——他们的女儿确实聪明过头，可他们没必要抑制她的聪慧，只需要把她引导成一个好人。

小女孩的阅读速度渐渐能跟上夏洛克了，她甚至还能跟夏洛克研究问题，或者帮幽灵做一些不太危险的实验。

一天，她有些自豪地跟夏洛克说："我听见爸爸和妈妈说我很像你。"

正在看书的男人停下来，回望女孩蓝色的眼睛，接着告诉她："不，你比我更好。"

突然收到夸奖的罗西不确定地眨眨眼："可我还没你那么聪明。"

"这跟智商没关系，"侦探认真地说，"你父亲是这世上最好的人。而我可能比你聪明——在这方面我从不谦虚，但你是比我更好的人。约翰确保了你是个更好的人，比我好得多。"

"不，"罗西摇头反对，"爸爸说，你是世界上最好的人，夏洛克……你曾是（were）这世界上最好的人。"

幽灵张张嘴，最后低下头笑了笑："我希望我能跟他说谢谢。"

## 04

他们也会闲聊。他们聊各种各样的东西——窗户对角的那辆车载过什么样的人，罗西语文老师的失败婚姻，飞机在伦敦坠落的可能性，玛丽做的早餐变了样式，以及约翰。

夏洛克经常会问起约翰。他每次都坐直了，身体向前倾，双手合十，认真地听罗西给他描述中年男人平淡无奇的生活，如同在解决世界上最精彩的案件。

譬如今天约翰修剪了草坪，他跟罗西种了棵树，他反对玛丽养一只猫，他定期去看心理医生，他的诊所来了一个讨厌的病人，他的腿不再那么频繁地痛了，他坐在窗前发呆，他打开电脑写东西。

夏洛克有时会插嘴，譬如山核桃树要怎么照料，养猫或许对约翰的心理状况有好处，他看心理医生的频率下降了，提防那个病人的传染病，别让他发呆太久，让罗西去找他玩……

他还在写博客？

“什么博客？”罗西撑着下巴问，“爸爸从来不让我们看他在写什么。”

“那让我们来看看。”侦探利落地从沙发上站起来，向积灰的电脑挥手，“开机，罗西。”

许久未用的电脑被打开电源，机械零件发出微小的轰鸣。罗西跟随幽灵的指挥敲下字母，界面跳转，女孩发出懊恼的声音：“有密码。”

“哦，约翰的密码相当于没设过。”夏洛克耸耸肩，“输入SHERLOKED。”

“这听起来很自恋。”女孩笑道，“而且很耳熟。”

“如果约翰给你讲过那个女人的故事，那确实很耳熟。”

“对了！”罗西欢呼道。

“这可是个很没新意的密码。”

“——因为他们都很爱你。”

侦探的动作停顿了一下，然后他盯住屏幕，上面的博客更新在不久之前。

“从 The Sign of Three 那篇之后开始看。”夏洛克指挥罗西往下拉。罗西滚动的鼠标停下时，显示的那篇日志发布于七年前。

[1] →

对，我又开始写博客了。这是水族馆事件过后的第四十七天，我花了四十七天才发出这篇博客。在这之前，我去看了心理医生，我感觉我一生都摆脱不了心理医生了，世上总是有这么多糟糕透顶的事。我收到了跟之前一样的建议：继续写博客。

我用一个月的时间重新看了我的博客，一遍又一遍。这个博客上的最后一篇日志是夏洛克写的，我把那篇日志看了大概有几百遍，播放最后的视频，回想他在婚礼上的样子。还有我在夏洛克假死后写的日志，现在看来让人感觉很奇怪。我是说，一个人有多少机会给同一个人写两次悼文？

上次我相信他已经死了，所有的一切都过去了，而我得向前走，有个新的开始。但他回来了，把所有的一切又都带了回来，让我再次投入到那些冒险里。

所以，这次我不会再这么容易被骗了。夏洛克，我把博客设置了密码，只有我能看见，但你总能破解我的密码，毕竟，你可是夏洛克·福尔摩斯。

我相信你还没死。如果你能看到这个日志——你肯定能看到这个日志，对吧。你上次装死回来还嘲笑了我的日志，让我恨不得再给你补上一拳。

如果你能看到，夏洛克……请至少给我一个你还活着的提醒。即使你在我的日志上加非常多可笑的感叹号，我也会原谅你的。

罗西了解夏洛克的阅读速度，他能在十秒内读完这篇短短的博客，所以当她自然而然地想要翻页时，她被夏洛克阻止了。

“等等，”男人虚按住她握着鼠标的手，“再等等。”

他的声音缓慢低沉。

[2] →

好吧，你不告诉我也没关系，你总是喜欢这么干。我不知道你这次装死又是为了什么，但是我相信你，我永远相信你。等你回来，等你回来我还是会给你一拳。

[3] →

这篇日志写于凌晨三点。

玛丽和罗西在卧室睡觉。刚刚我和玛丽吵了一架，在晚上听到响动时，我第一反应是抽出枕头下面的手枪，我做出这动作比玛丽还快。来的是一个人跑过来的罗西，她才两岁多，呆呆地站在我们床边看着我和我手里的枪，然后开始大哭。

玛丽边哄她边指责我不该把枪放在枕头下，尽管我知道她在床单下也藏了一把枪。她说我太过敏感了，会吓到孩子。但经历过那些事之后，我怎么能控制自己不敏感……不害怕？

我差不多每晚都会梦见你，梦见你在水族馆，梦见枪声，梦见血。惊醒之后我会背对玛丽，握住枕头下那把枪，如果我那时候能早些开枪保护你……

告诉我，我该怎么控制，夏洛克？你一定会有办法的。你可是夏洛克·福尔摩斯。

[4]→

有很长一段时间我不知道该怎么面对玛丽。我知道这不是她的错，不只是她的错。

但你因她而死。

如果不是因为她，如果没有她……有时候我会这么想，夏洛克。如果玛丽没出现，我应该还会跟你住在221B，东奔西跑，解决各种各样的案子，在这个博客上公开更新我们的事迹。但看看我，看看我们变成了什么样。

然而这么想也让我感到愧疚和罪恶，我不应该把这一切归咎于玛丽。毕竟，我选择了她。

可是，我能够接受她曾经的秘密身份，却不能接受她的秘密身份让你离开。你是如此重要，夏洛克。我甚至都不确定自己还能不能再毫无隔阂地爱她，我们之间横亘着你的死亡，这是比她的秘密身份还要大无数倍的鸿沟。

所以，请回来吧，夏洛克。为了我，为了玛丽，为了所有的一切。

[5] →

今天我们带罗西去了221B。

她一开始问我“那个卷发男人是谁”，我还以为你回来了。我以为只要我冲上楼，就能看见你个混蛋坐在沙发上，挂着那该死的像什么都没发生过一样的微笑跟我们打招呼。我想我会冲上去狠狠地抱住你，用力拍打你的背，勒住你的脖子，直到你大声地咳嗽——这还是轻的了，夏洛克。天知道我想象过多少次你回来的场景，我甚至已经在想象中仔细衡量过拥抱你的力度。我可是个医生，我知道怎么给你一个既能让你罪有应得、又不会给你造成实质伤害的拥抱。

然后我会说“欢迎回来，夏洛克。”伴随激动、狂喜、心安和愤怒。

但是你不在。

罗西看见我们的照片了，她问我你是谁。

你真该来看看罗西，她已经有你膝盖那么高了。她乖巧聪明得让麦克罗夫特和格雷格都喜欢，我打赌你也会喜欢上她的，你可在她还是个要用尿布的婴儿时就抱过了她的。

你可是她的教父，夏洛克。如果你回来晚了，该错过多少她的成长？

“你没有错过我的成长。”罗西轻声说。等她感觉到夏洛克的注意力转移到自己身上，她偏过头，注视着幽灵绿色的眼睛，稚嫩的嗓音却认真得很：“我最喜欢你了，夏洛克。”

侦探的嘴角上扬，手放在罗西头上作势揉揉她金色的头发。

楼下传来汽车行驶而来的声音，夏洛克和罗西都很熟悉这辆汽车的引擎声。男人走到窗边，凝视着从街角驶来的汽车。运气好的话，会是约翰来接罗西，而夏洛克就能借此机会看一眼他——只有这样的机会，他才能看一眼约翰，因为约翰从不会上楼来。

他凝望着从车里钻出来的男人，他开始有些显出老态，额头上的抬头纹深了，疏于锻炼的小肚腩在外套下也没完全藏住。

他在 221B 的门前站定，低头看看台阶，又深吸一口气抬头看二楼的窗户。如果他能像他的女儿一样能看见幽灵，那他就会对上夏洛克那双低垂的眼，看清那平静的浅绿色表面下暗涌的情绪。

“罗西，你该关电脑下去了。”夏洛克头也不回。

“好。”罗西清脆地答应道。她又瞄了一眼夏洛克，确定他还会再将所有心神集中在楼下几秒，女孩迅速地打开博客编辑页面，在他们最开始看的那篇日志后，加了个小小的感叹号。

如果你能看到，夏洛克……请至少给我一个你还活着的提醒。即使你在我的日志上加非常多可笑的感叹号，我也会原谅你的！

“拜，夏洛克。”她朝窗边的背影挥挥手，然后按下了关机键。

## 05

约翰在电话薄的查找联系人里打错了几遍字母，才拨通麦克罗夫特的电话。他浑身止不住地颤抖，不得不用牙齿咬住嘴唇才能阻止唇瓣的抖动，但他的嘴角却无法抑制地拉高，扬起一个大大的笑容。他不记得自己大概有多少年没这样笑过了，即使是罗西第一次学会叫他“papa”的时候，他也没这样笑过。他的鼻翼翕动，每一次急促的呼吸都凑成短促的笑声。他喉结上下滑动，紧张地吞咽口水。

手握住手机贴在耳边，手臂和手掌的震颤带动得他脸上有些松弛下来的皮肤都在晃动。他全身唯一没有颤动的地方是他的眼睛——他的眼睛一动不动，甚至眨都不眨地盯住面前的电脑屏幕，仿佛只要他不小心移开了一点视线，他面前的东西就会像卖火柴的小女孩看见的幻象般随着火柴燃尽而消失在白茫茫的大雪里。

而他盯着的东西只是一篇日志，一行字。更准确地说，是一个符号。

一个感叹号。

手机里传来的“嘟”声碰撞到他的耳膜，伴随他快速有力的心跳声在他颅内回荡。

他能清楚地听见自己的心脏碰撞胸膛的声音，他的心脏激动地一收一缩，像锤子般击打他的胸膛，一下两下三下，频率快到他开始怀疑自己会不会因为心跳过速猝死。过快的心跳让他开始出汗，脸颊通红，身体的颤动完全没有一点收敛的迹象，但他不讨厌这种感觉——活过来的感觉。

就像很久很久以前，他跟那个男人被手铐锁在一起，牵紧对方的手，奔跑在凌晨的街道上，对抗全世界的感觉。

拥有夏洛克·福尔摩斯的感觉。

“华生医生？”电话接通了，麦克罗夫特的声音传来。

“他回来了。”约翰连礼貌的称呼都丢弃了。他直入主题，当发出第一个音时，他才发现自己的音调因为没能合理地控制住声带而变得过于高亢，“我就知道，我就知道你们又骗了我。”

“华生，”麦克罗夫特在他能做到的最大限度内放柔了语调，“他已经死了。我们都确认过了，确认过很多次。”

“哈，你又想骗我。”约翰神经质地抽动嘴角，想转动一下头部，但他还是忍住了，直直地凝视电脑屏幕，“他告诉我了。就是，总之，是他。我、我知道，一定是他。他留下了标记，他……我知道，我知道他会回来的。”很显然他的逻辑不甚清晰，但是管他的，夏洛克·福尔摩斯回来了，还有什么比这更值得让人激动得语无伦次吗?

约翰骄傲地扬起下巴，脸上挂着胜利在握的笑。他屏住呼吸，等麦克罗夫特跟他宣布他对了，夏洛克还活着，并且他要回来了。

但他等了十几秒钟，对面还是沉默。他手心的汗变冷了，滑得让他得更用力地握紧手机。他的笑容开始僵硬，他深吸一口气，使劲眨眨眼，再重新对焦眼前的屏幕，那个感叹号确实还在。

“两分钟之后有车去接你。”麦克罗夫特用这句话结束了沉默。

约翰握着传出忙音的手机发了会呆，把手机放下，在衣服上擦干手心的汗。他站起来，想了想，又匆忙地跑到衣柜前，翻出一件新衬衫和前不久刚买的毛衣换上，然后跑进浴室抹了一把自己的短发。屋外已经传来了喇叭声，他有些懊悔地摸了摸自己没刮胡子的下巴，快步走了出去。

车停在了目的地，约翰对着后视镜审视了一下自己，扯扯衣服下摆，跟在麦克罗夫特的助理身后走了进去。让他惊讶的是，他没有如同想象的那样见到夏洛克，只有麦克罗夫特一个人坐在他的办公室里。

“夏洛克在哪？”他问。

“我也想问你同样的问题，华生医生。”麦克罗夫特示意他坐在他的办公桌对面。

“也就是说……你不知道夏洛克的消息？”约翰皱起眉。看见麦克罗夫特摇摇头表示他真的没得到过任何关于夏洛克的消息后，他觉得一股凉意从他的心里升起。不，不会的，那条信息肯定是夏洛克留的。他握紧拳，“那这次他骗得可够彻底，哈。”他嘴角抽筋般抖动出半个笑容，干干的笑声在空荡的房间里回荡。

“他留下的标记？”福尔摩斯家的长子手肘撑在桌面上，脸上的表情让人难以捉摸。他的眉毛皱起，一边眉头挑高，嘴角既没有上扬也没有下落，眼睛稍微向下垂，盯住约翰，那像是怜悯、怀疑、期待和疲惫的混合体。约翰打了个冷战，在身体的震颤中他找回了些思绪。

是的，肯定是他。他站起来，走到麦克罗夫特桌前。

“借用一下电脑？”

“等等。”麦克罗夫特从抽屉里又拿出一台笔记本电脑，“用这个。”

约翰快速地输入自己的博客网址，边解释：“我，在那之后，还在写博客，但是我设了密码。”他在输密码时瞥了麦克罗夫特一眼，后者没有对他的密码发表任何意见，“你看这篇，”他指着电脑，“我，我请求他给我一个他活着的提醒。”他吞了口口水，手指颤抖起来，他的声音突然不受控制地拔高了，“这里——这里原本是个句号！”他的语速加快，脸因为激动而开始发红，“就在今天，我发现它变成了感叹号。我不知道具体是什么时候，但肯定在我上一次发表日志之后。肯定是他，是他留下的，他——”

约翰直起身，手指定定地指着那一行字。深呼吸几次后，他左边嘴角扬起，右边嘴角却向下抿住，脸上的肌肉不断抖动，眼圈发红，形成一副滑稽的、既像哭又像笑的神情：“他还——活着。”

他喃喃地说出这句话时就像是一次叹息，压在他心里千百个日夜的黑雾随着这声叹息被呼出来，连同他无法计数的负疚、悲伤、郁结和期望。

他还活着。

麦克罗夫特没有接话，他还盯着电脑屏幕，脸上的表情却微妙地变了。约翰紧张地等待着，直到麦克罗夫特向后仰，拨通了电话："派一队技术员来，紧急事件，红色紧急。"

医生活动了一下布满冷汗的手，猛地抽了下鼻子，笑起来："所以我是对的，对吧，他回来了。夏洛克回来了！"

"我只能说我希望是这样，医生。"他看起来还是一如既往的镇定，但他的眼里也闪着光。

站在一队敲击电脑的工作人员中间，约翰紧张地在不太宽敞的房间里踱步。他向前走几步，瞄一眼电脑屏幕上他看不懂的代码，再转身走几步，向他差点撞到的人致歉。

他的手机铃声响起来时，自己倒是被吓了一跳，窘迫地环顾四周，但没有人看向他，包括背着手站在小队后监督进度的麦克罗夫特。

他在裤子上搓搓手心的汗，边走出房间边拿出手机。

是罗西的老师打来的电话。糟糕，他在心中暗暗自责，他忘了今天玛丽不在家，而他理应去接罗西，他把这件事忘得一干二净。当得知夏洛克回来时，他好像一瞬间就回到了很多年前的221B，成为了那个还没有妻女、一心只系在没一刻安分的侦探身上的约翰·华生。

在安排好让哈德森女士接罗西回贝克街后，他挂了电话，走回房间。

他走进去的一瞬间，所有人都抬头看着他。被众人视线聚焦的约翰不知所措地小声解释："我女儿学校的电话……"

而麦克罗夫特打断了他："我们查到了，修改日志的IP地址——

在 221B。"

约翰大张着嘴站在原地。

他不得不深呼吸几次才能说出话来："这真是——"

他的胸膛起伏，喉咙似乎被过多的空气和喷涌而出的情感给堵塞了，说出的话语断续沙哑："221B，"他重复，"221B！"

他几乎想要张开双臂去拥抱麦克罗夫特，但他还是转为挥舞双臂，在挤满人的办公室里叫出声来："我就知道是他！"他知道自己的模样肯定十分滑稽，要不为什么连麦克罗夫特都露出了微笑。

麦克罗夫特还是冷静地告诉他："还不能确定。日志修改时间前后，我们都没在贝克街的监控里发现夏洛克。"

"拜托，"约翰笑着摇头，"他可是夏洛克，要躲监控是多容易的事！"

"这个 IP 让我想起我曾经在二楼的电脑里安装过摄像头，但这是很多年前的事了。如果它还能正常工作，在电脑开机时能供电使它开始监控。"

"你以前在 221B 装过这种东西？"约翰抗议道。

"——所以，我们正在调取当天电脑的监控录像。"

"好吧，好吧。"约翰表示妥协。

当技术人员将监控投影到墙面上时，他深吸一口气，用手做扇子给自己过热的脸颊降温。一阵电流的滋滋声和黑屏过后，彩色的图像出现在墙面上。他的微笑展开——

镜头前的不是他预想中的夏洛克，而是他的女儿罗西。

录像里他的女儿正在等电脑开机。她的双手并拢撑在嘴前，这姿势太过独特而让人熟悉。在此之前，约翰从没注意到她是那么像夏洛克——他注意到过她的聪慧、出奇优秀的演绎能力、偶尔会变得飞快的语速，但这个小动作才让他真正惊讶起来：她是什么时候变得那么像夏洛克·福尔摩斯的？

罗西开始在键盘上打字。

"是你博客的网址。"麦克罗夫特说。但是约翰不记得自己有告诉过她这个博客。

在页面跳转后，她忽然抬起头，向身边说："有密码。"

她说话的方式如此自然，就像她身边真的有一个人在听。可摄像头拍到的画面里，除了她，空无一人。

整个办公室陷入了沉默，一种诡异的、凝固的、压迫性的沉默。如同室内的空气都被压缩成了实体，沉重地填挤在不大的房间里，并且这沉默还在不断膨胀，快把人揉成一团血肉模糊的碎片。唯一发声的只有还在播放的录像。

女孩的眼睛盯住身边的空间，眼睛转了转，又毫无征兆地笑起来："这听起来很自恋，而且很耳熟。"边说着，她边敲打键盘，不多时便欢呼道，"对了！"

约翰的耳蜗里开始轰鸣。

"这——不对——这不对，"他使劲咬紧牙齿来试图驱赶耳内的轰鸣声，"夏洛克肯定在那儿，在那儿的某个地方——"

"很抱歉，医生。"麦克罗夫特的声音压得很沉，听起来离他太远了，"很显然，罗西认为这个地方，"他用手指了指录像上罗西的身边，"应该有一个人。"

"那儿就是该有一个人！"约翰几乎是吼出了这句话。

"尽管摄像头监控的范围不大，但是通过物体的反光、阴影还有其他方面的推测，可以看出来，这个房间里只有她，没有其他人。

"没有夏洛克。"

约翰觉得自己掉进了百米下的深海里，水压和争先恐后涌来的海水往他的头颅里灌。他听不见声音，或许他的耳膜已经被压破了；他看不见光，眼睛酸胀发红，视野里全是无意义的黑色；他头痛欲裂，头骨承受着超出人类骨头所能抵御的压强；他想张开嘴呼吸，而只有咸得过分的海水涌进他嘴里，将他的言语化作一串无声的气泡。

"华生医生，华生！"

他猛然从深海里被拉回这间暗不透光的房间，麦克罗夫特正皱眉看着他。他的汗彻底浸湿了头发和身上的衣服，体力透支使他不得不弯下腰，大口地喘气，像一台破旧的鼓风机在竭力运转。但他还是没听见声音，这里确实没有声音了，录像已经被暂停了。他盯住那画面，他的女儿，他最熟悉的亲人，那张可爱的脸上挂着欣喜的笑容，在他脑海里不断跟万花筒般放大旋转。

"那他肯定是用了别的什么办法——总之他一定会有办法来——来让罗西知道他。"他还是不肯放弃，看在上天的份上，他从来没放弃过坚持这个想法：夏洛克·福尔摩斯肯定会回来。

麦克罗夫特有一段时间没说话。约翰分辨不出到底是多长时间，或许是几小时，或许只有一秒，他已经失去了对时间的判断力。所有的时间在他看来都如此漫长，填补这段漫长时间的只有更为可怕的沉默。

然后一个坐在电脑前的男人打破了漫长的沉默，他指着电脑："监控重新开始工作了，那台电脑又被打开了！"

墙面上的录像滋地跳转了，罗西的脸再次出现在上面。她仰着头，对身边的空气问："夏洛克，死亡是什么感觉？"

06

贝克街221B的二楼房间里，还没意识到被监控的两个人正在聊天。

“你问对人了，”夏洛克笑道，“我可是‘死’过两次、濒死过两次的人。

“你应该听过这句话：‘人的一生有三次死亡：第一次是他断气的时候，在生物学上他死了；第二次是他下葬的时候，人们参加他的葬礼，怀念他的一生，然后在社会中他死了；第三次是最后一个记得他的人把他忘记的时候，那时候他才真的死了。’我第一次‘死亡’——假死，是社会意义上的死亡。这对我没什么影响，我并不需要社会认同，唯一不良后果就是让约翰……”他没讲完这句话，像是没找到合适的形容词。这不常见，夏洛克·福尔摩斯从不缺少词汇量。

“第一次濒死，我在我的思维宫殿里寻找出路。最终我醒了过来，因为有人告诉我‘约翰·华生有危险了’。”

“——你为这个活下来了？”

“其实这说法不准确。”夏洛克咳了一声，“因为那一次玛丽给我的子弹并不会真正让我死亡，但我感受到我快死了，所以……”他又咳了一声，就像幽灵会感冒似的。

“而我最后死的那次，”他低头瞄了眼自己胸口的位置，“我很……害怕。”

他说完这句话后嘴唇紧抿，眼睫毛颤了颤，手指在腿上小幅度地敲打。

罗西爬到椅子上，刚好能够到卷发男人的肩膀。她微踮起脚，拍拍面前的空气——那里该是男人背脊的位置。

“不怕了，不怕了。”她用稚嫩的声音安慰他。她的动作很熟练，因为她也那么安慰过她的父亲。在某些她起来上厕所经过客厅的晚上，她的父亲一动不动地坐在黑暗里，如同一尊没有生命的雕像。那时她就会爬上沙发，用细软的手臂圈住她父亲的脖子，拍拍他的背。

她不知道夏洛克最后那次死亡是什么情况，没有人告诉她，也没有人打算告诉她。

子弹直接穿过了夏洛克的心脏。很明显，尽管那个女人的枪法没有玛丽好，但用枪杀死他比不杀死他容易。而夏洛克努力了，他撑了一天。整一天，他的心电图从波动到平直再到波动，最后还是落为一条不再跳动的直线。他在自己的思维宫殿里奔跑，打转，寻找出路。但没有出路，每一条都是死路。

当他的思维宫殿崩塌成一片虚无前，他想：约翰，对不起，为我给你造成的所有伤害。

他知道约翰会原谅他，但约翰会永远没法原谅自己。

“我再有意识的时候就已经变成这样回到 221B 了。”他接着跟罗西说，“在你来见我之前，这种感觉真是糟透了。无聊，无聊是世界上最糟糕的事。这让我差点承认帮麦克罗夫特数他有多少根必定掉光的头发是件有趣的事了。”

他这个玩笑很糟糕，但他俩都笑了，罗西笑得差点儿从椅子上掉下去。这时夏洛克突然停住了动作。

他走到窗边，往外看了一眼。当他转过头时，罗西偷偷地咬住了自己的舌头，没去看男人皱起的眉。

“你干了什么，罗西？”他瞥见女孩靠近电脑的手快速地动了动，“你改了博客。”他用的陈述句。

“我只是……”

“你不该让约翰知道！”夏洛克提高声音，他的语气称得上是训斥了，“你不知道这会对他造成多大影响！”

罗西先是委屈地抿抿嘴，然后也毫不示弱地站在椅子上回瞪他：“你也根本不知道你还在这件事对他意味着什么！”

他们俩都皱着眉互相瞪视，正当夏洛克想开口说什么时，冲上楼的脚步声打断了他正要说出口的话语。他们转过头，看见来人撑着门框，因为刚刚的跑步而气喘吁吁。

“……约翰。”夏洛克低声叫出这个名字。

“他在哪儿？”约翰抹了一把额头上的汗，盯着他的女儿，“夏洛克·福尔摩斯——你看见他了吗？”

夏洛克踏前一步挡在罗西跟约翰之间，但他半透明的身影没能阻挡住罗西把视线定在她父亲的脸上。

她的父亲，约翰·华生，已经有发福征兆的中年男人。淡金色里掺杂了些许白色的几缕头发散乱地搭在他额前，抬头纹和眉间的沟壑深深地刻在他脸上，他的眼角也堆着皱纹，眼袋有下垂的趋势。只有他的眼睛没融入他平凡的中年气质里，他的蓝色眼睛是年轻的、激动的、充满希望的，那是属于221B的约翰·华生的眼睛。

“我看见他了。”她说。

她跳下椅子，走到幽灵身边。

夏洛克在对她说“不”，但她还是继续说下去了：“他就在这儿。”

约翰瞪大眼睛，直起身：“他在哪儿？”

“这里。”罗西比画着身边那团空气的形状，“就在我旁边。”

约翰快速地转动着眼珠，扫视房间里的每一个角落。在没看见任何线索后，他甚至向前跨了两步，伸出手去触摸罗西身边的空间，好像夏洛克能隐身在那儿似的。他的手穿过了幽灵的心脏，而夏洛克的表情就如同他真的被击中了心脏，隐忍着痛苦。

那双蓝眼睛不再像年轻人那样活泼地跳跃了，约翰缓缓地垂下眼，收回手："这儿没有人。"

"听着，爸，"女孩语速飞快地补充，"我知道这听起来不可思议，但是我能看见夏洛克——他的灵魂。只有我能看见，但他确实在这儿！"她伸直了胳膊比画，"这儿，他穿着黑色的风衣，六英尺高……"

"这儿没人，罗西。"

"不，他在这儿！"罗西拔高了声音，"他告诉了我很多事。我在帮他研究他为什么能存在，他……"

"这是你的幻想！"约翰高声打断她。他握紧拳头，胸膛起伏，脸涨得通红，罗西从没见过他那么生气，"这里没人！没有夏洛克·福尔摩斯！"

他身后站着麦克罗夫特、哈德森女士和闻讯赶来的玛丽。玛丽上前抱住女孩，低声说："罗西，我们先回家。"

"不！"小女孩挣扎着，"他是真的！为什么你不相信？他在这儿等了你很久！"

"那你告诉我，"约翰用力咬了一下舌头来让自己能尽量平静地讲完一句话，"你让他告诉我，在他假死回来，我告诉他我请求过他别死之后，他说了什么？"

他闪烁的蓝眼睛盯着自己的女儿，还抱着最后一丝的希望，"我没有告诉过任何人——他说了什么？"

"你说了什么？"罗西挣脱玛丽的手臂，急切地仰头向幽灵发问。

夏洛克低垂着眼看她，灰绿色的眼眸毫无生气。他摇摇头，一言不发。

女孩的眼泪开始大滴大滴地掉下来，但她还是坚持不懈地追问："你说了什么，夏洛克？告诉我！"她慌张起来，无措地望向自己的父亲，试图找到一个解释，"或许他是忘了……"她没说完，因为她知道这个理由不能成立，夏洛克·福尔摩斯不会忘记。

约翰深吸了一口气，听起来他的鼻子堵住了。他咬紧牙关，不去看自己的女儿："先带她回去吧，玛丽。"

"不！"罗西被母亲抱了起来往外走，她的视线钉在只有她能看见的幽灵身上，"拜托，夏洛克，告诉我！告诉他……这很重要……拜托……"

在她被抱离房间的最后一刻，她看见夏洛克无声地说："抱歉，罗西。"

楼下传来汽车的关门声，罗西的哭喊声远了。约翰还站在那儿，背对楼梯口，一动不动。哈德森女士向前走一步，正想说点什么，约翰先开口了："让我一个人待会儿……拜托了。"麦克罗夫特拉住还想说话的哈德森女士，走下楼梯。

约翰一个人站着。

天开始黑了，暖黄色的灯光从一楼照到楼梯间里，给他的背影染上一丝暖色。但他的面容被完全地罩在黑暗里，如同他的灵魂也不再属于他的身体，只剩他空洞的躯壳立在这儿。若不是胸口还有微弱的起伏，他简直就跟房间的死物毫无区别。夏洛克站在他面前，也一动不动，他甚至连呼吸都不需要。

当月光十分不易地透过窗帘投在约翰身上时，约翰猛地吸了一下鼻子。

"夏洛克。"他叫了一声。他的声音穿过幽灵的影子，在空荡荡的房间里撞上墙壁又返回，这像是一个声控开关，他开始动了。

他缓慢地佝偻起脊背，左手手臂抬起，手撑住额头，他的脸处在更深的阴影里了。而当听见约翰从喉咙里发出压抑的抽泣声时，夏洛克才意识到，他哭了。

约翰·华生在哭。

他没见过约翰哭。约翰不像夏洛克或者麦克罗夫特那样将感情摒弃在一边，相反，他的感情充沛，太过容易被打动。但夏洛克从没见到过约翰哭，约翰·华生在他面前从不流泪。即使是在他的墓碑前，即使是在结婚仪式上他拥抱他，即使经历了这么多事——当约翰认为夏洛克能看见他时，他从不哭。他可以接受自己表现得不聪明、冲动、愤怒，但他永远在夏洛克面前保持着军人的坚强。

而现在他在哭。

夏洛克迈前了一步，他跟约翰的距离很近了。他小心翼翼地伸出右手，放在约翰因为低头而从衬衫里露出的一截脖颈后，同时另一只手用力地，却同时也没能让人感到任何力道地握住约翰的手臂，然后顺着他的手臂，抚过他的肩膀和后背。

夏洛克并不特别排斥肢体接触，但他很少接触过拥抱，也从没拥抱过别人。

他回想着唯一一次印在他记忆里的那次拥抱，在约翰的婚礼上。约翰拉过他，手搭在他的颈后，温暖又有力。那次他听见约翰的呼吸在他耳边停滞了一会，像是微弱的抽泣。他意识到那时约翰·华生想哭。

他模仿着记忆里约翰的动作。他的学习能力一向很强，他想自己能做得很好，如果他有实体和温度的话。

他听见约翰用夹杂在抽泣中、几乎无法察觉的气声说：“夏洛克，求你，停止……死亡。”

一串眼泪在月光里被反射出钻石般的光，穿过夏洛克的身体掉在了地毯上，晕开几个深色的水印。

夏洛克拍拍他的背。

“我听到了。”他说。

但没人听见夏洛克·福尔摩斯说的这句话。

也没人知道夏洛克·福尔摩斯曾那么温柔地学着拥抱一个人。

## 07

自从上次离开贝克街之后，罗西已经一周没开口说过话了。

凌晨两点零七分，约翰坐在电脑前。玛丽在卧室里睡觉——尽管他知道自己从床上起身那一刻他的妻子就已经醒了，她可是前特工。

他没开灯，电脑惨白的亮光照亮他刻着深深皱纹的脸。

*所以，你真的死了。*

在打完“dead”的最后一个“d”字那一瞬间，他仿佛被刺痛似的紧闭眼睛，手指迅速移动到删除键把那个词删掉。

*所以，你真的不在。*

他换了个表达，然后盯着第一行发呆。夏洛克真的不在——不在221B，或者不在他能触及的所有地方。

*麦克罗夫特说你真的不在。*

为什么他要提到麦克罗夫特?

*跟了你这么久，我看人的本事也不差。我看得出麦克罗夫特是在说真话，他的确很失望，以及……悲伤。多奇怪，多少人以为你们福*

尔摩斯家的人是不会悲伤的，但我知道不是。你的死亡确实打碎了他的心，而他作为一个如此理性的人，也不曾放弃过你还在的希望。

如果麦克罗夫特都认为你不在了，夏洛克，你会在哪儿？你到底在哪儿？拜托你，夏洛克，无论你在解决什么大事，这么多年过去了，回来吧。回来吧，我们会共同解决所有事的。我们可是夏洛克·福尔摩斯和约翰·华生。

我们所有人都会帮你的，麦克罗夫特自不用说，格雷格、莫莉、玛丽、哈德森女士……我们都在等你回来。

约翰手握成拳，抵在自己鼻子下方，压住紧咬的牙根，拳头和身体都在用尽全力地试图抑制颤抖。他不想发出什么声音。

夜晚太安静了。他们住的地方不在市区里，没有经过的车辆声，没有三更半夜开 Party 的邻居，没有看电视到深夜的房东，没有不顾时间拉小提琴或者对着墙壁开枪的同居人。

他不敢发出声音，他像是一个被打气筒充气到膨胀巅峰的气球，紧紧地绷着自己的身体和情绪，只要有一个针眼大的缺口，他就会迅速地破裂、萎缩、垮掉，空剩一副皮囊。

他深知只要自己发出一点儿带鼻音的吸气声，他就会忍不住张大嘴，像条缺水的鱼徒劳地张合鱼鳃，却把致命的空气打进身体里。他的哽咽与号啕声都拥挤在喉咙里，就等他放开这道关卡，便汹涌而出，连同眼泪一起占领他的面容，将他好不容易筑起的能拦住悲伤的大坝摧毁。

他哭过一次。

前几天，在 221B，只有他一个人站在黑暗中时。

他感觉自己用尽了半生的眼泪，那些水滴先是填满了他眼角的沟蹙，接着润湿他干燥起皮的嘴唇，留下又咸又苦的味道，最后在哈德森女士铺的地毯上印出斑斑点点的深色水迹。他太久没哭过了，他对哭泣陌生得毫无经验。换气时他差点没成功，鼻子被塞住了，他只能用嘴巴吸进空气，涌入的气体正好对上将涌出的抽噎声，卡得他开始咳嗽。他的太阳穴突突跳得他头痛欲裂，有一瞬间——只一瞬间，他想自己倒不如以这种狼狈的死法离开人世，就再不用体会哭泣的滋味。

他或许还能见到夏洛克，给他提供些关于这种死法的笑料。

“约翰，你可死得太不体面了。”夏洛克对他说，“你可不能这样死了。回去吧。”

空气猛地灌进他的肺里，给他的心脏跳动重新提供了动力。他还没死，他还在呼吸，他还没见到夏洛克。

他还有玛丽和罗西。

玛丽在卧室里，罗西在她房间里。所以现在约翰·华生不想哭，他不能哭。

但是，对不起，夏洛克。我……

他突然听见寂静的夜里传来一声轻响。他一惊，环顾四周。周围还是与之前别无两样的黑暗，那声响声像是他的幻觉，短促、遥远而不清晰。但他还是决定起身，小心翼翼地走向响声发出的位置——那边是罗西的房间。

他在罗西房间门口站了会儿。这几天，罗西把自己关在房间里，只有玛丽敲她的房门给她送饭时才打开房门。她会警惕地扫视父母的脸，如同侦探想从嫌疑人的神情上找出蛛丝马迹。当约翰今早敲她的房门，隔着门板向她宣布了那个消息后，罗西跟他们连送餐时间的眼神交流都没了。

他贴近门板，屏住呼吸听里面的动静，里面什么声响都没有。他开始怀疑是不是自己太过紧张了，但他还是感觉不安。他轻声敲敲门，没得到回应。约翰手心冒出冷汗，他快步走回房间，玛丽已经醒了，在黑暗里睁着眼看他。他们拿钥匙开了罗西的门，房间里空无一人。

罗西不见了。

他们第一个去的地方是221B。哈德森女士急匆匆地帮他们开了门，说她刚刚检查过了二楼没人。玛丽让约翰和哈德森女士再找找一楼和地下室，她上楼去找。她这样说时瞄了一眼她丈夫的腿。约翰的腿确实又在隐隐作痛了，但他使劲拍了一下自己的大腿，试图重新收回对身体的控制。“没事，”他走向楼梯口，“我上去，没人比我更熟悉二楼了。”哈德森女士不赞同地挑眉，他又加了一句，“没人比我更熟悉……夏洛克的二楼了。”

“我要找到我的女儿。”他撑住楼梯扶手，用力地跨上台阶。

然而一群人翻找一通后，确实没找到任何人。

他们关了二楼的灯，让这片地方重新恢复平静，分头出去继续找。大约过了一个多小时，一个小身影悄悄从厨房窗户爬了进来。她径直走到客厅里，坐上红色沙发。夏洛克坐在她对面的黑色沙发上，双手指尖并拢撑在嘴前，盯着小女孩。

“他们来找你了。”夏洛克低声说。

“我知道。”罗西抱膝窝在沙发里，下巴靠在膝盖上，闷闷地回答，“很容易推测，他们会来这儿，也会走。他们不想在这儿多待，夏洛克。”她抬起蓝色的大眼睛，直直盯住侦探，“只有我会陪你，夏洛克。”

卷发男人对上她的视线，叹了口气。

“不。”他摇摇头。

从卫生间那边的走廊里传出“哒”的声音，罗西从沙发上跳下来，紧张地看着那个身影。

“你最后还是会来，这也很容易推测。”麦克罗夫特撑住雨伞柄站在她面前，“嗨，小姑娘。”他没等到回答，于是顿了一下，再开了口，“现在他在吗？”

“夏洛克？”女孩迅速地往黑色沙发瞄了一眼。

“夏洛克。”福尔摩斯家长子点点头。

“你们不是不相信吗？”

“因为那时候华生医生在。”麦克罗夫特拉过一把椅子坐下，对罗西比了个手势，“坐上沙发，这是规矩。夏洛克，”他指指黑色沙发，“华生，”点点罗西，“还有委托人。”最后他指向自己，“我有委托。”

罗西疑惑地望着他。

麦克罗夫特的眼神转向了她的对面，夏洛克坐着的那个位置。他的视线刚好停留在幽灵眼睛的位置，他凝视那点的时间如此之长，长到罗西开始怀疑他是不是也能看见幽灵了。毕竟他们是兄弟。

夏洛克也迎上麦克罗夫特的目光，不甘示弱地回瞪，过了几十秒，他突然仰起下巴，发出一声烦躁又懊恼的感叹。

麦克罗夫特重新看向小女孩，向她微微颔首：“问他，”他说，“他小时候的噩梦是什么。”

“我相信他不用我转告，”罗西想起前几天的事，赌气道，“但我可不确定他会回答。”

“如果他在，”麦克罗夫特的手指小幅度敲打了几下手里的伞柄，“我想我们会达成共识的。”

沉默持续了半晌。麦克罗夫特低头把玩自己的伞柄，除了他旋转的伞尖快把地板磨出个洞之外，他看起来似乎不慌不忙、胸有成竹。罗西紧张地盯着夏洛克，幽灵朝他哥哥翻了几个白眼，嘟囔了一串听起来像抱怨的句子，猛地一击掌，吓了罗西一跳。

“Eurus。”他说，“东风（East Winds）。”

罗西屏住呼吸，睁大眼，眨都不眨地盯着他。

“我的噩梦。”夏洛克提醒她，“刚刚告诉你了。”

“我知道。”她说，“为什么？”

“因为我们达成了共识，我猜。”福尔摩斯家次子不情不愿地回答。

雨伞尖敲击地面发出了一声轻响，罗西转向麦克罗夫特：“Eurus，”她重复道，“东风，他说。”

她很难找到词句来形容听到这句话后的麦克罗夫特。

雨伞在他手里旋转一周，他的眼皮快速颤动眨了眨眼，脸颊的肌肉细微地抽搐了一下，再动了动，于是他的嘴角出现了笑意。那点笑意缓慢而稳定地扩大，除了他微微抖动的皮肤，他的情绪看起来控制得很好。他的眼珠转动，在非常合适、刚好能注视到幽灵脸部的位置停住。

他张开嘴，发出第一个音节：“欢迎回来，我的兄弟。”

罗西觉得她或许该做点什么，但也或许什么都不能做。

然后夏洛克说话了：“去抱抱他。”他说，“别告诉他是我说的。”

罗西眨眨眼，差点笑了出来。

她跳下沙发，跑到麦克罗夫特面前，挥挥手示意他低头，接着踮起脚抱住——或者说挂住男人的脖子，费力地伸长手，拍拍他的背。她拥抱人的动作很熟练。

“夏洛克说，他也很高兴再见到你。”女孩在他耳边轻声说。她听见了幽灵的抱怨，但她决定把这算作一次小惩罚和小奖励。

## 08

麦克罗夫特在楼梯转角站着，罗西在房间里，她说想单独和夏洛克再说说话。她让麦克罗夫特把她的父母叫来221B："他们得说再见。"

“他……”麦克罗夫特出去后，罗西跟夏洛克沉默地对视半晌，才决定好怎样开始，“爸爸都不再跟我说起你了。他不再讲关于你的任何事了。”

侦探“嗯”了一声。在女孩注视着他的目光中，他顿了一下，说："没关系，我会给你讲的。"

罗西咬紧嘴唇使劲摇头。

“我们，”她的声音带着哭腔，“爸爸说我们要搬家了，去美国。他以为——他相信，你是我的幻觉，他说我们该换个环境。”夏洛克只来得及张张嘴，发出一声“哦”，女孩就紧接着讲了下去。好像生怕她稍一停顿，她面前的男人就要不见了。

“可是我不想走。”她还是抽泣起来，她毕竟还那么小，“只有我能看见你了。我走了，你会多无聊……你说过的，无聊糟透了。”她撩起衣服领子擦鼻涕眼泪。她哭得比她的父亲动静大多了，脸蛋红扑扑的，眼泪糊满了一张小脸。

夏洛克走过去，在她面前蹲下，手覆在她的背后。他的手掌能盖住小女孩的脖子和大半脊背上部。

“听着，罗西。”他的额头抵住女孩的额头，目光对上她还在不停往外掉眼泪的大眼睛，“无聊糟透了，但我最不能忍受的不是无聊。这个世界大部分时候是无聊的，我从年轻时就早知道这个道理，直到遇见约翰。”

“我最不能忍受的——”他深吸一口气，又长长地呼出来，“是让你父亲伤心。

“我一生只许下过唯一一个誓言……

“无论如何，无论发生什么，我会一直守护你们（I will always be there）。”罗西跟着夏洛克一起说出了这句话。

“一直（Always）。”

“爸爸告诉过我。”她说。

“而我是个骗子。”

“不，他说你是个忠实的朋友。”

他们这样静静对视着，绿色的眼睛和蓝色的眼睛，在房间昏暗的光线里闪着光，带着各自的倔强和不甘让步的感情。

车灯的光晃过了窗帘，寂静的凌晨被凌乱的车声和脚步声扰乱。哈德森女士开了门，踏踏的声音顺着楼梯传上来，停在楼梯转角。

罗西用力吸了一下鼻子，把最后的眼泪给擦干：“再见，夏洛克。”

她下撇的嘴角颤抖了半天，才惨兮兮地露出半个笑脸给他。

“好孩子。”夏洛克微笑着拍拍她的头，“帮我照顾好他们。”

帮我陪在他们身边。

罗西朝门走了几步，又回过身，问夏洛克：“我可以带走一样东西吗？就一样。”

“什么？”

“你的猎鹿帽。”她低头摸摸自己的头发，“我喜欢那顶帽子。”

罗西打开了门，楼梯间的灯光照进二楼房间里。转角处聚集着她的父母、麦克罗夫特、哈德森女士，甚至莫莉也在。他们都仰头盯着她，和她身后连接二楼的那扇门。她的母亲第一个冲上来，半跪在地板上，紧紧地抱住她。

“哦，罗西，”她的声线颤抖着，“你不知道我多害怕。”她害怕她的过去，那些子弹、杀手和黑暗将手伸向她的女儿。她过了这么久自己放弃一切所追求的平凡生活，但旧日的噩梦如影随形，让她时常担忧她现在所拥有的一切会被那些深渊里的魔爪拖进地狱。

当罗西不见时，约翰的第一反应是她跑去 221B 了，而玛丽则是瞬间汗湿了后背。

她的脑内快速地闪过一连串资料——她出过的任务、杀过的人、合作者、联络者。她的过去是张编织在下水道里的蛛网，特工、机密组织，她在脑内飞速地计算，她有没有遗漏什么，有没有任何蛛丝马迹显示那些黑暗已经伸出了手。在她把钥匙抛给约翰的同时，她悄悄将手枪别入腰间。

这么多年来，她头一次为自己的选择后悔：或许她根本不应该试图得到这一切，约翰、罗西、家庭、朋友，她可能只会摧毁这一切。

谢天谢地，她的女儿在这儿。

约翰跟在玛丽后面上楼，尽管脚步有些趔趄，他依然走得很快。他停在罗西前蹲下，发红的鼻子抽动，在他的脸上挤起几条皱纹。他似乎有很多话想说，但过了很久，他只伸手拨了拨女儿的金发，说：“别再这样了。”

令他惊讶的是，罗西说话了。她眼里气愤、警惕、戒备的神色消失了。

“对不起。”她说，“我只是来说个再见。”

约翰眨了几下眼，他闭眼的动作太过用力，牵动他的眉毛皱起来。他抱住罗西，眼睛却直直地看进后面空无一人的房间里。

"对，"他喉结上下滚动，吞咽空气，把冲到嗓子眼的酸楚压下去，"我们要……说个再见。"

似乎是默认般地，玛丽对着沙发做了个简单的告别后就牵着罗西和其他人一起走下了楼梯，他们心照不宣地将约翰留在最后。

约翰本来想跟他们一起走下去，他走得缓慢，脚步一重一轻。当他离开二楼时，他得把房门关上。他转身，打算拉上那道门，接着他停住了。

他凝视着二楼。

有弹孔和笑脸的墙纸，堆满书的桌面，发出柔和光芒的落地灯，放着头骨和相框的壁橱，乐谱摆在架子上，小提琴放在一边。两张沙发，一张红色，一张黑色，常年被压出的凹陷像是上面还坐着人。一切都是他再熟悉不过的样子，让他有种错觉，仿佛闭上眼他还能听见近在咫尺的小提琴声，睁开眼他还能看见夏洛克·福尔摩斯。

他闭上眼。

视觉被剥夺，微小的声音便相应地被放大。他听见玛丽在跟哈德森女士告别，他听见莫莉在跟罗西告别，他听见自己心底在叫夏洛克。暗流在他的眼皮下涌动，他紧闭双眼，跟那股暗流做斗争，他不想流泪。上次的地毯被眼泪晕开深色的圆形水渍，他守在那块地毯边许久，直到那块深色快要消失，才敢活动麻木的双腿，走下楼去。

他睁开眼。他的眼睛睁得很大，视野从模糊到清晰，对焦在黑色沙发上。空气渗进他的眼球，把它们烘干，酸涩到制造不出眼泪。

晨光一点点从窗户爬进房间里，他意识到太阳快出来了。在他以为黑夜长得不会结束时，他意识到自己应该走了。

他站在门口，揉揉自己的眼，说："再见。"

回答他的只有逐渐亮起来的天色。

他转身走了两步，又停住，终于下定决心回身，快步走到黑色沙发边。

他把手放在沙发背上，像极了他以前将手放在夏洛克的墓碑上。不像红色的布制沙发，皮质的黑色沙发凉凉的。但在他的手放上去后，那一块地方汲取了他的热度，模仿人类的体温，感觉起来倒真的像是有生命似的。

"夏洛克……"他喊出这个名字，接着他停顿许久，不知道该接什么话。他有太多话想说了，但同时他也知道所有他想说的这些都毫无意义。因为无人倾听，无人回应。

最后，他移开自己的手，然后俯身将嘴唇贴在那块温暖的人造皮革上，直到他的眼睛再次微微发热。

他直起身，抚平衣服上的褶皱，脚步坚定地走向楼梯口。日光开始移向他刚刚亲吻的地方，而他没有回头。

他知道这就是真正的告别了。

他们搬家的速度很快，这得归功于约翰早有计划。

他曾经不止一次想搬离这儿，离开伦敦，离开他们曾一起奔跑的街道、曾一起用餐的餐厅、曾一起坐过的地铁、曾一起看过的星空。他得重新开始，他从很久以前就知道，他得有个重新开始的机会。就像他上一次做的那样，找到玛丽，跟新的人发生新的感情。而这次他或许该换个环境，在新的地方开始新的生活。

可上次的经验同时又在阻挠他的前行，因为上次夏洛克回来了，而他没等他。他跟玛丽有了新的开始，而这份新的感情却间接导致了夏洛克的死亡。每当他想搬家，他脑海里那个夏洛克就会跳出来。那个夏洛克或许正在巴黎的小巷里穿梭，或许正在罗马的遗迹中躲藏，或许正在北欧上空的飞机里等待到达下一个目的地，或许他的下一个目的地就是伦敦。

这仿佛是个恶性循环。

每隔一段时间，他就会做好一次搬家计划，再将那计划丢到一边。这么多年过去，夏洛克 · 福尔摩斯成了约翰 · 华生心尖上的一根倒刺。平日里不会被刻意想起，就不痛不痒地立在那里。但只要不小心被碰到，那根刺就令人在意得很，直直地硌在柔软的肉间，每次心脏的跳动都生怕撞到了那儿。于是他忍不住想撕掉它，尖厉的、血淋淋的疼痛就从心头蔓延到全身，让人痛到颤抖。再过几日，那倒刺又长出来，他便只能再试图无视它，毫无悬念地等待下一次血淋淋的疼痛到来，并明白这是他一生都没法彻底除掉的、连在心上的。

但这次他们确实得离开了。这不再只是他一个人的痛楚和未来，还有关罗西、有关玛丽，有关这些他仅剩的最爱的人们。

飞机商务舱的位置不太宽敞，罗西挨着约翰坐，再隔一个位置是玛丽，她们俩看起来像睡着了。约翰帮她们要了两张毯子盖上，一个人撑着下巴，从飞机舱窗往外看。

英国的城市缩小成拼图般的块状，在云层中偶尔出现。然后是海，蓝色的、无边无际的、宽阔的海。约翰意识到他离英国越来越远了，再穿过这片看似没有尽头的海洋，他就将在另一片陌生的土地开始新生活。他想，夏洛克当初坐上飞机离开时会不会也产生过这样的感觉——肯定不像他这样多愁善感，但夏洛克会不会也有一点不舍？

对曾经的住所、国家、朋友有一点不舍?

约翰掏出手机，翻看自己之前还没发出去的那篇博客。

所以，你真的不在。

麦克罗夫特说你真的不在。

跟了你这么久，我看人的本事也不差。我看得出麦克罗夫特是在说真话，他的确很失望，以及……悲伤。多奇怪，多少人以为你们福尔摩斯家的人是不会悲伤的。但我知道不是，你的死亡确实打碎了他的心，而他，作为一个如此理性的人，也不曾放弃过你还在的希望。

如果麦克罗夫特都认为你不在了，夏洛克，你会在哪？你到底在哪？拜托你，夏洛克，无论你在解决什么大事，这么多年过去了，回来吧。回来吧，我们会共同解决所有事的。我们可是夏洛克·福尔摩斯和约翰·华生。

我们所有人都会帮你的，麦克罗夫特自不用说，格雷格、莫莉、玛丽、哈德森女士——我们都在等你回来。

但是，对不起，夏洛克。我要离开了，我们要搬家去美国。我一个朋友在那边开诊所，他问过我几次我要不要去帮他。以前我计划过很多次——事实上差不多每年都有几次，我想搬家，可我总下不了决心。但这次是真的了。

我不能再给罗西讲我们的故事了。她说她能看见你，你就在221B，只是我们看不见。心理医生说是我给她讲的故事让她产生了幻觉，让她捏造出了一个夏洛克·福尔摩斯的形象。对不起，但我想我该停止跟她讲起你了。

讽刺的是，我并没有什么立场责怪她。当你刚离开的时候，我……

我也经常能看见你的影子。在地铁里、马路上、房子的阴影处、拥挤的人群中，我总是能看见你。你戴着那顶愚蠢的猎鹿帽，穿着长长的大衣，出现在我视线的每个角落。你跟我说："约翰，承认吧，我已经死了。"

然而我不承认，我不承认。

最后你的影子消散了，在我的家人们跟心理医生的共同努力下。我不知道这是好是坏，就像我依然不确定打消罗西对你的幻想是好是坏。有时候我还是想看见你，就算是幻觉也好。我知道这不对，我只是……我只是很想你。

无论怎样，夏洛克，这会是我发布的最后一篇日志了。我想是时候往前看了，是时候原谅玛丽，是时候让罗西脱离我们的阴影，是时候开始新生活了。

但是，如果你能看见这篇日志，夏洛克。

我会一直等你，一直。

一旦他点了"发送"，他就再也不会在上面发布任何东西了，他就下决心将这一切放下了。他的手指在"发送"键上徘徊许久，终于，在舱窗边缘出现美洲大陆的轮廓时，他的手移到键盘处，加上一句话。

致那些最好的时光。

他按下"发送"。

再见，夏洛克·福尔摩斯。

## 09

在搬到美国安顿好后，约翰找了个新的心理医生，把罗西送了过去。心理医生给她定下每周一次半天的心理咨询，每月一次全天。

罗西第一次走进心理医生的办公室，那是个看起来平易近人的女性，戴着眼镜，可能是为了配合小女孩，桌上摆着不少可爱的小物件。罗西试图像夏洛克一样推导出心理医生的信息，而令她沮丧的是她几乎什么都没看出来。这个心理医生似乎非常完美，完美到有些怪异。

她的父母等在门外，女孩坐在心理医生的椅子对面，警惕地将她的手指前端交叠撑在嘴前。她不觉得自己该进行什么心理辅导——因为夏洛克是真实存在的。心理医生站起来，她做好了反击的准备，而令她意外的是医生什么都没说，只是看向房间里的书架。那片书架占了半面墙，上面摆着一排排厚厚的书籍。那些书忽然轻轻一晃，书架悄无声息地向里面划开，一把黑伞的伞尖从里面伸出来，敲在地板上。

“嗨，小姑娘。”麦克罗夫特走了出来，“你想回去看看吗？”

于是这就成了惯例。

每个月罗西都会在“心理咨询”时间跟麦克罗夫特回去一次。他们的时间不多，一天内要往返的飞行时间就已经去了十几小时，罗西可能只能在221B待上两三小时。

她第一次回到221B时，被房间里的布置吓了一跳。

二楼多了很多东西，几块电子大屏幕在滚动播放着不同的信息，三个翻书机器整齐地排列在琴谱架旁边，匀速翻动着三本厚厚的书。夏洛克在这些设备之间来回走动，快速地捕捉信息。

“这真是……”罗西惊讶地张大嘴。

“既然他在，就别浪费了他的才华。”

“无——聊——”夏洛克对着他哥翻了个大大的白眼，“这些案子都太无聊了。像这个盗窃案，窃贼只是用镜子伪装了钱不在的情况；这个谋杀案，拜托，瞎子都能看出是这栋楼的电工干的；还有这个……”

“你只是想让他不那么无聊。”罗西下结论道。

麦克罗夫特挑挑眉，没肯定也没否认，笑道：“跟他聊聊，过会儿我来叫你。”他转身走出了房间，留下女孩跟幽灵独处。

罗西爬上沙发，晃悠着腿，跟侦探对视了许久，才开口：“你知道麦克罗夫特很在乎你。”

“哦，得了，罗西。”幽灵发出受不了的叹气声。罗西发现夏洛克在面对麦克罗夫特的时候总幼稚得像个小孩，虽然他平常也成熟不到哪儿去。他在麦克罗夫特面前最肆无忌惮，跟涉及约翰时完全不同。他宁愿付出那么大代价向约翰隐瞒一个事实，却能在短短的时间里跟他兄长达成一致。

“美国怎么样？”男人问道。

“还好。”罗西甩掉鞋子，窝在红色沙发里，“那里的晴天很多，不像伦敦总是在下雨。我们的房子有两层，漆成白色的，爸爸说以后我们可以把它换成别的颜色。这几天他在修整院子，我们想种几棵树。爸爸说我们可以养只狗。”

“挺好的。”

“他给我找了个心理医生。”罗西看一眼关着的门，麦克罗夫特在门外，“实际上麦克罗夫特把那个‘心理医生’换了。”

“毕竟谁都猜得到约翰会找哪一个心理医生。”

“他也给自己找了个心理医生。”

“我知道。”夏洛克点点头，“他怎么样？”

“我不知道。”罗西看着他，突然又瘪起嘴来，抱紧自己的膝盖，“但事情就是这样了。”

“会变好的。”夏洛克向前俯身，摸摸她的头。

每个月罗西回伦敦的飞机上，麦克罗夫特都亲自陪同她。

十几小时的飞机并不好受，即使是豪华的私人包机也是一样。有时候麦克罗夫特会跟她聊聊夏洛克：这次夏洛克说了些什么，他有没有对哪几个案子感兴趣，他想换什么样的书……有时候罗西累得睡着了，她毕竟还太小。偶尔醒来的时候，她裹在毯子里睁开眼，看见麦克罗夫特坐在飞机舷窗旁边，望着下面灯火通明的城市或黑漆漆的大海。

“你不忙吗？”罗西有一次问他。

“以前照顾夏洛克都花了我一半的时间，现在这一半时间腾出来了。”麦克罗夫特敲敲面前的桌子，“空出的时间比这十几小时多多了。”

“他真是让人不省心的弟弟。”罗西像大人一样叹了口气，从床上蹦下来，趿拉着鞋走到麦克罗夫特对面的座椅上坐下，跟他一起看窗外。

美洲大陆的轮廓出现在漆黑大海的边缘，她每月一次的拜访又要结束了。

一年被分为 12 次拜访，时间就过得快了许多。

罗西长大的速度如此快，这次她来的时候金发还只过了耳朵，再过几次，她的头发就已经快到肩了。她迅速地长高，坐上沙发时已经不用有些勉强地爬上去了。她的才智也毫无悬念地发展到常人无法企及的高度，虽然比福尔摩斯两兄弟还差了点，但很接近了——毕竟她还小。她有时会跟着夏洛克看那些案子，那些多数被夏洛克用“无聊”

否定又捡起来的案子。一次她在看到现场照片后，立刻指出受害人的外套被换了。夏洛克挑挑眉，问她为什么。她咬咬手指，只说："这很明显。"

"对，这很明显。"侦探颇为满意地赞许。

随着她的长大，罗西也不再去看心理医生了。但她依然能每个月找到各种各样的借口离家一两天，回到伦敦。她有时想或许约翰是知道她偷偷回 221B 这件事的，而他只是假装不知道，不加阻止。他心底总该是有愧疚的——无论夏洛克的灵魂是不是真的存在，他却是真的从伦敦逃走了。

她快满十八岁时，大着胆子跟自己父亲提出想去 221B 举行成人礼的想法。她明白自己可以一个人悄悄去，但她还是倔强地面对面向约翰提出了这个请求。

约翰坐在沙发上，不知是有意还是无意，这个他专属的沙发是红色布制的。他看着罗西，眼睛里反射出破碎的光斑。他用手指梳了一下鬓角的白发，又发了会儿呆，才开口："你想去 221B。"

他揉揉鼻子，试图掩盖鼻子的抽动："你想去 221B……因为——夏洛克。"

罗西几乎记不清她多久没听过约翰说这个名字了，但他把这个名字说得很流畅。那一串音节从他的舌尖滑过，熟练得就像他每晚都会练习这个单词。

"是的。"她不敢注视她父亲的眼睛。不是因为害怕被责怪，而是因为她不想看见那双因为年龄增长而布上了一层薄雾的蓝眼睛里的情绪。那太痛了，她害怕自己看上一眼，就会失去跟他对抗的决心。

过了许久，就在罗西决定放弃时，她听见了对面的回应。那声音显得如此苍老沙哑，疲惫得如同刚刚经历过一场长达百年的恶战。

“好。”他说。

“他没打算上来。”罗西站在 221B 二楼。

因为华生一家的来访，麦克罗夫特把二楼的机器都收了起来，把这还原成很多年前的样子。玛丽上来待了一会，又下去找约翰了。最后又是罗西一个人在楼上跟夏洛克说话。

“我知道。”夏洛克点点头。

麦克罗夫特收拾好东西之后留着一处窗帘没完全拉上。在罗西上来前，他一直站在窗边，看着黑色的汽车驶来，停在 221B 门前，然后约翰从那里面钻出来。前军医走路的步伐已经有些无法掩饰地难以协调，占据了不少领地的白发在阳光下明晃晃地反着光，让夏洛克差点想闭上眼睛。约翰在门前停留了一会，哈德森女士打开门，招呼他们进来。在走进门前，他快速地往二楼没被窗帘遮蔽的地方看了一眼。只这一眼，他像是被灼伤了眼睛般低头，用手指揉搓眼皮。

罗西变戏法似的从自己背后拿出一样东西，得意扬扬地给夏洛克展示：那是她搬家去美国前带走的那顶猎鹿帽。

幽灵笑起来，看她把那顶帽子戴在头上。她第一次试着戴那顶帽子时还小，那是她在 221B 帮夏洛克翻找东西时不小心从抽屉里翻到的。她兴冲冲地举着帽子戴上，过大的帽子压下来，遮住了她大半张脸。

“我是夏洛克·福尔摩斯！”小女孩双手抬起帽檐，模仿侦探的样子，笑得露出换牙期缺了几颗牙的牙床。

而现在这顶帽子对她来说已经很合适了。十八岁的女孩长得美丽而英气勃勃，金色的头发从帽檐下翘出来，显得活泼调皮。

夏洛克端详着她："看来约翰选这顶帽子的眼光也没那么糟糕。"

"那得看是谁戴着。"罗西朝他吐吐舌头。她把帽子取下来，举着帽檐放在幽灵头上，"你这样看起来跟报纸上的照片一模一样。"幽灵配合地把大衣领子竖起来，遮住了半张脸。

他俩都笑起来，夏洛克温柔地拍拍她的头："我的好女孩长大了。"

罗西微微踮脚，现在她不用夏洛克蹲下身也能抱住他了，她把脸埋在空气中半透明的影子里，"谢谢你，夏洛克。"

罗西二十三岁时，她带来了自己的未婚夫。

"夏洛克，这是詹姆斯。"她把棕发青年推到夏洛克面前，然后指指夏洛克站着的地方告诉她的未婚夫，"夏洛克在这儿。"

"你好。"青年慌张地抹了把手上的汗，朝那个位置伸出手又尴尬地收回来，"很高兴见到您，福尔摩斯先生。"

侦探挑剔地围着青年转圈："来自加利福尼亚，跟你一个大学——高中也是，但不同班。体格一般，喜爱的运动是橄榄球？我不喜欢这运动。家里有个哥哥，但跟他不常见面。他为什么这么紧张？罗西，看起来不太对劲。"

"夏洛克，"罗西无奈地叫住他，"既然你都知道了，我想我不用跟你介绍更多了。"

"无聊。"夏洛克耸耸肩，"我是说这个人。你选择配偶的眼光跟你父亲可一点都不像——你看上了他哪点？"

"他就是这么个人，"罗西也耸耸肩，"不算聪明，也没干过什么大事，”一旁的小伙子忍不住抗议，女生拍拍他的肩，接着讲，“但我想我的眼光跟你比较像。”

夏洛克挑起一边眉毛，看起来已经准备好用长篇大论反驳了。而罗西的语速也飞快，没给他插嘴的机会：“我们高中在同一个推理社团，当时社长提出要所有人一起比赛推理。在我推理了一遍他们所有人的信息之后——说真的，我只是不小心说出了副社长跟老师搞在一起的秘密，他们就给我取了个外号，‘巫婆’。”

“那是因为他们愚蠢。”夏洛克终于找到个机会插话。

“而詹姆斯说，”罗西转过头，眼睛弯弯地跟身边的青年对视，“‘不可思议（Amazing）。’”

她说完，却没等到幽灵接口。她本以为他还要再挑好长一阵子毛病，但侦探愣了会，像是放弃般摇摇头：“好吧，”他最后审视了一眼青年，“或许他还可以。希望他能承受约翰的一顿揍，他可是把你给挖走了。”

罗西想了想才反应过来：“他也跟你这样说过吗？约翰？”

夏洛克轻轻点了下头。

他们沉默了一会。罗西重新挑起话题：“而且，他相信你的存在。”

“罗西，”侦探又宠溺又无奈地叹口气，“你知道的，这不是必要条件。”

“不，这是最重要的条件之一。”女孩坚定地望着他。她又想起什么，笑起来，“他还是福尔摩斯的超级狂热粉——你知道吗，他还写过上百篇关于你的文章呢。”

“罗西！”这下，那可怜的年轻人涨红了脸，中气不足地试图制止他的未婚妻。

“怪不得他那么紧张。”夏洛克了然地抱臂打量他。

“你想听吗？我可以念给你听。”罗西打趣道。

“哦，罗西。”两个男人同时发出了感叹，但这两声感叹的意思不太一样。

英国著名咨询侦探施施然坐回自己的黑色沙发上：“我挺感兴趣的。”

而他的狂热粉丝捂着脸，发出了绝望的叹息。

罗西的孩子是在飞机上出生的。

她怀孕这几个月，也坚持每月都坐上飞机，穿过大西洋去到彼岸的岛国。

夏洛克和麦克罗夫特都反对过，但她扬言如果麦克罗夫特不帮她，她自己也有办法回去，两个聪明绝顶的人只好双手投降。

她这次走上飞机时离预产期还有大半个月，可人算不如天算，在大西洋的上空，她的羊水破了。好在麦克罗夫特早有准备，在飞机上设置了一支医疗队。当他们抵达伦敦时，一个小婴儿已经躺在了罗西的臂弯里。

约翰和玛丽连夜赶到了伦敦。

跟罗西一起上飞机的詹姆斯守在病房外，里面的一大一小已经疲惫地睡着了。

“是个女孩。”詹姆斯欣喜地告诉他们，“我们还没给她取好名字，罗西说再等等。”

约翰听到这句话，跟玛丽对视一眼，再继续透过玻璃窗往里看，那团小小的婴儿有柔软的棕黑色头发。

“女孩的名字……”他喃喃道。良久，他将额头抵在玻璃窗上，闭上眼，长长叹了口气。

第二天大约九点，罗西醒了。她的孩子哭起来，她手忙脚乱地把她抱起来哄她。听见声音，她的丈夫也跑过来，慌张地试图帮忙。他俩像在面对一颗定时炸弹，紧张又小心翼翼，两个人的汗都快跟婴儿的眼泪一样多了。

“不是这样抱的。”一个声音传来。罗西抬头，看见自己的父亲伸过手。于是她捧着婴儿，将她交到那双布满皱纹的手里。婴儿确实慢慢安静下来，而随着她哭闹的声音渐渐变低，病房里却陷入了凝重的沉默。

罗西咬着嘴唇，偷偷打量约翰的神色。约翰看起来像是专心致志地在打量他的外孙女，却又像思绪飘得很远了。詹姆斯借口帮婴儿拿纸尿裤，离开了病房，留下父女两人。

“所以，”约翰深吸一口气，声音轻得连婴儿都没惊醒，“你回伦敦，很多次了吧？”

他果然是知道的，罗西想。

她点点头。

他们两人又沉默下来，这沉默太长了，直到小婴儿又哭起来，尿了约翰一身。门外等着的詹姆斯和玛丽举着纸尿裤和毛巾冲进来，将病房再次弄得兵荒马乱。

但有些事是无法躲开的，先提出来的是玛丽。

“我们，”这个上了年纪依然美丽的女人在所有事安顿好后，假装无意地拿手指去逗小婴儿，“该给她取个名字了。”

罗西迅速瞄了眼她的父亲，约翰的视线黏在婴儿的小脸上，一动不动。她握住詹姆斯的手，后者坚定地回握了她一下，于是她终于鼓起勇气开口："我们……"

"我们去一趟 221B 吧。"这句话是约翰说的。

罗西惊讶地抬头看他，他伸手碰了碰小婴儿的脸蛋，直到婴儿举起小手来拍拍他的手指，他才缓慢地抬眼，跟罗西对视。

他已经如此老了，他的皮肤堆叠起层层皱纹，曾经握枪的手失去了力气，早年落下的关节疼痛时常折磨着他，而他也习惯了这些伤痛。他已经离那些年月太久了，他离开这儿的日子比他在的日子都多了。

他终于能说出这句话了。

即使他心里的伤疤已经陈旧，当他说出这句话时依然条件反射地感受到疼痛。手不自觉用力，不小心弄哭了婴儿。玛丽边轻声安慰小婴儿，边来回打量他们俩。

罗西的嘴唇颤了颤，才露出一个笑容来。

"好，"她说，"我们去一趟 221B。"

约翰很多年没上过 221B 的二楼了。

他环顾这他曾经再熟悉不过的地方：空气里漂浮着微尘，墙上的壁纸没换，黄色的笑脸明晃晃地刺眼，小提琴架还放在原来的地方，琴谱甚至还翻开在多年前那页。他下意识朝红色沙发走过去，又停留在那前面，生怕自己破坏了什么。

"坐在那儿吧，爸。"罗西柔声说，"那是属于你的位置。"

她让詹姆斯搬了张椅子，放在两张沙发之间，抱着孩子坐上去。小婴儿不哭了，吮着手指，睁大眼睛，好奇地环顾四周。

罗西看着她父亲拍拍红色沙发的扶手，小心翼翼地坐下去。他看了一眼女儿，又转回头直直地盯着对面的黑色沙发。她又将视线转向黑色沙发上，在那儿的空气中，半透明的幽灵双手合十放在嘴前，注视他许久未见的挚友，似乎想将这幅画面给印刻下来。

他太久没见过约翰了，没这样见过约翰了——坐在他对面的红色沙发上，离他这么近，就像他们还能够一起说说话，就像他们还从没有过任何的隔阂。

“我有个委托。”罗西说。

沙发上两个人都看向她，她低头亲吻自己怀里的小婴儿，“我想给她取个名字。”

“得了吧，罗西。”夏洛克说，“你早想好了，不是吗？”

“我想听你（们）说出来。”她说。

约翰扶着一边沙发扶手，挺直腰望着她和她怀里的孩子，然后缓慢地转头，重新对向夏洛克的方向。他的蓝眼睛一眨不眨，金色的睫毛微微颤抖。夏洛克也这样盯着他，连眨眼都不舍得。忽然，约翰笑了。连罗西都不记得她上次见约翰这样笑是什么时候了，或许她从未有机会看见过约翰这样的笑容，而这是夏洛克最熟悉的笑容。他边小幅度摇头边笑，眼帘垂下来，皱纹堆在嘴边，却有像年轻人般的稚气。

夏洛克也笑起来。这么多年，他从未变老，面对约翰·华生的笑容也从未变过。

“夏洛克，”他们俩同时说，“这是个女孩的名字。”

## 番外 01

罗西在哄小夏洛克睡觉时接到了哈德森女士的电话。

她把夏洛克交给詹姆斯，走到一旁听电话——哈德森女士说她要离开221B了。

这件事她早有预料。人生到了某个时间段，身边的人就会像约好了一样迅速变老，接着一个接一个离开。哈德森女士已经步入称得上高寿的年纪，她说自己想搬去伦敦乡下养老。原本麦克罗夫特计划买下221B，但老太太死活不答应，她想要将房子转到罗西名下。

"我可是你教母。"老太太在电话里说，"顺便告诉约翰，如果他还想开那辆红色跑车——我停在车库里。没人会让九十多的老太太开车了。"

事实上约翰也不会再开跑车了，他上了年纪，早年在战场上落下的伤痛时常折磨着他。阴雨天时，他的膝盖痛得几乎不能动弹，如同有钢针钉在他的骨头里。所幸加州大多阳光灿烂，不似终日被笼罩在雨云下的伦敦。但即使在好天气里，这伤痛也会冷不丁袭来。

有一次他在花园里蹲着除草，试图站立起的那一瞬间，尖锐的疼痛子弹般刺进他的膝盖骨。他痛呼出声，猛然向后倒在刚浇过水的泥土上。眩晕和刺痛让他眼前发黑，他的手在周边盲目地摸索，抓到跌落在一边的铲子。等视野慢慢恢复后，他紧张地环顾四周——幸好没有人看见他的狼狈样子。于是他用铲子勉强支撑起自己的半身，艰难而缓慢地站起来，挪向房间。卧室在二楼，他握紧楼梯扶手一步步向上，每踏下一步，他都觉得自己的骨头正在碎裂成细小的刀片撕扯他的神经。他终于打开卧室门，从衣柜里找出干净的衣服裤子，换下身上沾了泥土和草叶的衣裤。他弯下腰时感觉自己的脊背也在发出"咔咔"声，像是年久失修的机器零件艰难地运转。

或许我们该把卧室改到一楼了，他想。

罗西把哈德森女士要搬走的消息告诉了约翰，还有她要去伦敦帮忙处理一些房子交接的事，也再见见她的教母。

她问她的父亲要不要一起回去。

约翰凝视着窗外，大片的云聚集在天空上，看起来快下雨了。他的腿又开始隐隐作痛。

“哈德森女士也要走了吗……”他低声喃喃。在罗西期待的目光下，他摇摇头，“不，我不去了。”他说，“伦敦在下雨吧。”

罗西站在他身后，看他坐在椅子上，手放在膝盖上握紧又松开。

她转到他面前，蹲下来抱住他。

“怎么了？”约翰问道。

“撒娇。”她把下巴搁在自己父亲的肩膀上。

约翰低低笑起来，抚摸她的头发，她感受到那双手正微微颤抖。

伦敦在下雨。

罗西从出租车上下来，詹姆斯为她打好伞，她抱着小夏洛克走到221B门前敲门。

在等待门开的间隙，她环顾四周。有了孩子，她回伦敦的次数还是不可避免地减少了。夏洛克从没抱怨过什么，他很清楚现在的罗西不再是那个任性的、可以半夜里离家出走的小女孩了。她有了家庭，有了孩子，她要做自己的侦探工作，她要陪自己的丈夫，她要照顾自己的孩子——她有了那么多牵挂。

很久以前哈德森女士告诉他，婚姻会改变一个人。他那时倔强地否定，而现在他不再做出质疑。

这是罗西第一次带小夏洛克过来。她的小女儿已经快五岁了，趴在她怀里，睁大眼睛四处张望，向路上来来往往的行人和车辆招手。

相比纽约，伦敦是个变化很慢的城市。它站在千百年的历史上，在阴雨里总容易让人误以为现在还是维多利亚时期，但时间依然给它留下了一道道划痕。

小夏洛克第一次看见的贝克街跟罗西第一次看见的贝克街早已有诸多不同，例如 221B 门前的地砖曾经有一个小缺口，小时候的罗西差点在上面绊一跤，而现在那块地砖已经被换成另一块完整的了——直到今天罗西想给她女儿讲讲时才发现这点。而那块砖的缺口正是她的教父——夏洛克 · 福尔摩斯在更久以前弄出来的。

门开了，老妇人看见她教女的小女儿，发出了惊喜的叫声——就像她第一次见到小罗西时一样。

“进来进来。”她欣喜地侧身让他们进来，詹姆斯留在后面，想帮她关门。而老太太扒住门框往外张望，有些失落道，“约翰没来啊。”

“他说这儿在下雨。”罗西把她的女儿放下，指指膝盖，“他关节痛。”

“哦，可怜的约翰。”老太太慢吞吞地转身带他们往客厅走，“但是，得了吧，他总是这样。你知道吗，夏洛克假死那会儿，他连电话都没打来过……”她像所有上了年纪的人一样絮絮叨叨，罗西也习以为常地听着她的絮絮叨叨。小夏洛克被妈妈放下地，就兴奋地迈着小短腿到处跑，赶在哈德森女士前面跑到了客厅。

其余几个人还没走到客厅，就听见她用还不甚清晰的童声问：“你是谁？”

罗西的心跳漏了一拍。她如同瞬间触电般一抖，汗毛倒立，全身的细胞都被电流唤醒。在她喊出那个名字前，客厅里传来了男人的声音——

“罗西的女儿。”他说，“我是麦克罗夫特，麦克罗夫特·福尔摩斯。”

“麦克罗夫特比你们早到。”老太太说，“我早说过房子不会卖给你了，麦克罗夫特——”

他们进了客厅，麦克罗夫特坐在椅子上向他们点头致意：“我只是来帮个忙，哈德森女士。这么多手续，我想你不会想看的。”

“我就讨厌你们把什么事都弄得那么复杂。”老太太抱怨道。

他们围坐在桌边，对着桌上厚厚一叠文件核对。等他们终于核对完，待不住的小夏洛克早不见了。

“她是……”罗西看向天花板。麦克罗夫特点点头。

他们往楼上走去。詹姆斯握着罗西的手，她的手心在出汗。跟约翰不一样，她从不避讳跟小夏洛克讲夏洛克·福尔摩斯，那个跟小女孩同名的伟大侦探的故事。她甚至有些急于把所有事告诉她的女儿，她希望她能记住夏洛克，她希望她能看见夏洛克。

罗西在二楼门前停住。门没关，她第一眼就看见正对门的黑色沙发上坐着夏洛克，在她出现在门前那刻幽灵抬头看了她一眼。他的面前是跟他同名的小女孩，正仰头打量什么。站在门口的人都屏住了呼吸，没发出丝毫声音。罗西眨眨眼，眼眶微微发热。

“妈妈！”第一个发声的是小女孩，她回过头发现了他们，挥舞着手臂，迈开短短的腿向她跑来。罗西的睫毛颤了颤，蹲下身把她抱进怀里。她看见夏洛克缓慢地向后仰，靠在沙发背上。

“夏洛克，”她抚摸女儿的头发，但她的眼睛直直注视着另一个夏洛克，“你有发现什么吗？”

“有！”小女孩从她怀抱里爬出来，又跑回沙发那。在所有人的注视里她伸出手，从沙发缝隙里抠出一小朵亮晶晶的珍珠装饰花来。她献宝似的把它拿到她母亲面前，得意地晃悠手臂。

罗西看见夏洛克摇了摇头。

她低头从女儿手里接过那朵装饰花，她认出那是自己小时候的发夹上掉下的一朵小花，那时她还为失去了这朵花伤心了一会儿。她微笑起来，把花小心翼翼地收好，亲吻自己女儿的额头。

“做得不错，夏洛克。”她说。

谁也没预料到最先走进坟墓的是麦克罗夫特。准确地说他连走进坟墓的机会也没有，他乘坐的飞机从太平洋上空坠毁，尸骨无存。

连夏洛克都没预料到。

一个月前麦克罗夫特还在221B，跟罗西一起。夏洛克说如果他再这样下去，只有十四年零三十二天可以活了。罗西把这句话转达给他，但麦克罗夫特却说，如果他不喝这杯茶，他就还能活十四年零三十五天。两兄弟又开始针锋相对，而罗西拿走了麦克罗夫特盘子里的甜点：“如果我吃掉这块蛋糕，那你还能活十四年零四十一天。”

他们笑起来，这对高智商兄弟没一个能反驳他们的教女。

但他们都猜错了，在那一天过去了三十四天后，麦克罗夫特确认死亡的消息传来。

他们并不是完全没做过这样的心理准备，毕竟他们都知道麦克罗夫特的工作并不安全。可他们总潜意识认为麦克罗夫特是坚不可摧、无所不能的，如同以前的夏洛克那样。也如同夏洛克那样，他的死亡来得猝不及防。最开始几乎没有一个人相信他真的死了，他们相信这只是他的障眼法，是他某个环环相扣的大计划里的一节。

然而他真的死了。

过了好几天，罗西才疲惫地再次回到221B。没了麦克罗夫特手下的打理，灰尘在家具和地板上铺了薄薄一层。夏洛克站在窗前眺望伦敦的街道和远处的建筑，听见她的动静，他回过头来。

“他死了。”他说。

“他死了。”罗西重复道，“按照他的要求，没有葬礼，不要献花，不要墓碑。”

“多符合麦克罗夫特的行事。”夏洛克又转回头去，背对门口，罗西看不见他的脸。他过了一会，又说：“他以前说，生命终有尽头，人心终要破碎，爱毫无益处。

“但我已经从生理层面来说——死了这么久。为什么他还要相信我存在？”

罗西看着他的背影，睫毛颤了颤，眼眶发热。

“爱毫无益处，但人都不完美，所以每个人都有这个缺陷，即使是你们。”

夏洛克沉默许久，才问出最后一个问题：“你看不看得见他？”

罗西的眼泪终于掉下来了，那滴泪珠顺着她的脸颊滑下，掉在地毯上，打出一个圆形的深色痕迹。

“不，”她用手捂住自己的眼睛，泪水跟她手心的汗水混在一起，“对不起，我看不见他……”

幽灵拖着脚步走过来，轻柔地伸手抱住她：“没事，这不是你的错。”

他闭上眼，亲吻她的发顶。

接着离开的是玛丽。她走得很平静，在加州的阳光里，她躺在床上，握着约翰和罗西的手，被皱纹占领的脸庞依然看得出当年的美丽。在她的前半生，她跟枪支、爆炸和死亡相伴。那时的她根本无法想象，她何其有幸，能如此安宁地过完之后的几十年。窗外是他们的小院子，种着花草。她亲吻自己一生中最爱的两个人的脸颊，嘴角带着微笑。

“我爱你，罗西。”她的手摩挲着自己女儿的手掌。接着她转过头去，凝视她的丈夫。

“谢谢你，约翰。”她说。她的眼睛里闪着泪光：“对不起。”

约翰摇摇头，什么都没说。他伸手去帮玛丽把鬓边一缕散落的白发挽到她的耳后，当他的手移开时，这个陪伴了他半生的女人已经闭上了眼睛。

罗西结婚后就搬了出去，华生夫妇两人一起住，也过得不错。

玛丽死后，约翰一个人住那儿。罗西问过他一次，他说他能一个人好好生活。事实上他自己确实能做到。他是一个医生，他清楚自己的身体状况。除去时不时的关节痛、逐渐变弱的视力和健忘，他并没什么大毛病。他每天早上自己切两片面包作早餐，泡一杯茶喝，边喝边看报纸。天气好的话，看完报纸，他就去公园走一圈。瘸腿让他不太喜欢运动，但他也明白运动对这个年纪的人来说是必需的。下午他用来打理自己的院子，在刚搬来时他们种了几棵树，那时罗西还能摸到树顶，现在它们长高到连约翰都碰不到树枝。他们以前也养过狗，它陪伴了他们十几年，然后被埋葬在树下。约翰也没再打算养狗，他经历的离别太多了，连跟一条狗告别的勇气都失去了。

有时天气不太好，或者他的膝盖状况不太好，他就待在家里看书。他偶尔会在看书时睡着，厚厚的老花镜从他的鼻子上滑下来，“啪”地掉在摊开的书本上。他又猛然从浅眠中被惊醒，拾起眼镜戴上，寻找他刚刚看到了哪一行。他这么做时通常会在心里谴责自己，他竟然又睡过去了。这每一次都在提醒他——看，你老了，约翰·华生。

他不想服老。所以他坚持独居，给自己做身体测评，自己清除院子里的杂草——尽管他每次蹲久了要站起来时都得缓许久，才能适应骨头摩擦出的疼痛。越年老，他越忍不住回想自己很久以前的模样，勇敢、倔强、热情。

他想成为那时候的约翰·华生。

但是生活往往毁在很小的事上——他进卧室时跌倒了。

他早把卧室改到了一楼。没有东西绊住他，他只是眼前一晃，就跌倒在地。他听见自己的骨头发出脆响，疼痛骤然袭来，让他脸色苍白，冷汗直流。还好他的手机在衣服口袋里，他保持跌倒的姿势一动不动，直到自己能从疼痛中缓过些来，才移动手臂，拿出手机拨打911。等待救护车到达的时间里，他趴在冰冷的地板上，紧闭双眼，试图忍受痛苦。

他听见对面那家人的除草机嗡嗡作响，他听见有鸟在敲打他的窗玻璃，叽叽喳喳地在他窗边吵闹。

他听见自己沉重的呼吸声和缓慢的心跳声。他听见自己正在老去，时间的车轮声咕噜噜作响，驶向终点的坟墓。

罗西赶到医院时，约翰躺在病床上，双腿裹着厚厚的石膏。他的双腿腓骨折断了，石膏覆盖到他的膝盖上方。他正歪着头看另一张床上的病人，那也是个跟他差不多年纪的老人，他的妻子坐在右侧床边给他削水果，左侧床边站着他的朋友，正在指责病床上的人不该一大把年纪还想自己爬上去修灯泡。

他笑了一下，牵引得胸口又一阵发闷的疼，让他咳嗽起来。咳完，他才发现罗西来了，正站在门口，皱着眉看他。他看出来罗西生气了，这么大的人了，生气的样子还跟小时候一样，嘴唇紧抿，双颊微微鼓起。他想辩解，别生我的气，罗西，我没做错什么，我没有逞强自己一个人爬上去换灯泡，我只是……我只是老了而已，但这又不是我的错。

但他没这么说，他说："等我病好之后，"他眼角的余光瞥见旁边那张病床上的老人给自己讲累了的朋友递了杯水，"我想回伦敦。"

罗西愣愣地看着他。她吸吸鼻子，然后故意咳嗽来假装她只是有些感冒。她的眼神在天花板上游移一圈，才绕回到她父亲身上，他也在盯着她，看起来不像开玩笑或者说胡话。

"可是……"罗西想说点什么，她的视线落在约翰打着石膏的腿上，"伦敦在下雨。"

约翰没回答她的话，他只是盯着窗外加州的阳光许久，才说："我想回去了。"

"我得回去。"他说。

他痊愈后的第二个月搬回了伦敦，住在伦敦郊区的一个养老社区里。那儿的设施和条件都不错，周围住的老人也跟他相处融洽。尽管去了加州那么多年，他还是更适应英国的一切。毕竟在美国，没人喜欢吃英式早餐，也没人每天谈论天气。

罗西时不时来看他，然后在看望完他后去221B。约翰最开始回伦敦那会儿，她问过几次夏洛克，约翰有没有来。夏洛克摇摇头，说他不会来。

事实上，自从约翰回到伦敦后，他不再像以往那样对夏洛克·福尔摩斯缄口不言了。他的松动早已在他们给小夏洛克取名时现出端倪，而回到伦敦这座承载了他无数回忆的城市后，更让他无法再回避与夏洛克有关的一切。

他甚至发表了一篇夏洛克逝世四十周年的悼文。他在一次跟罗西的通话中告诉了她这件事，罗西停了一下，其实她在那篇文章发出来时就知道了，但她没想到约翰会告诉她。“别跟罗西提起夏洛克·福尔摩斯”几乎已经在几十年内成为了华生家的准则之一。

“为什么？”她问。

为什么发表悼文？为什么提起夏洛克？为什么跟她说？

“我……”约翰拉长声音，整理自己的思绪和语言，“我上次坐出租车经过贝克街，司机告诉我那儿在举行福尔摩斯悼念仪式，可能会堵车。我没让他绕而是让他停下来，让我自己走过去看看。

“你该看看那个场面的。聚集在那里的有跟我一样老的老人家，也有年轻人。现在的年轻人还记得夏洛克！”他语调上扬，发出感叹，“我上前了一点，有人——可能是我们曾经的委托人之一，时间太久了，我不太认得出她。但是她认出了我，她叫我：‘华生医生！’一瞬间所有人都朝我看过来了。有一个记者问我能不能接受采访。他是个年轻的小伙子，我说你们怎么还记得他，他说因为夏洛克·福尔摩斯是个传奇。

“他是个传奇，他是个英雄。尽管他总是不承认这点，但他是个英雄。他——”约翰喘了几口气，咳了一声，“他救了那么多人，包括我。“所以我想他该被记得，他该被更多人记得，永远地记得。就算我不在了，也要有人永远记得他是个英雄。我跟那个记者说我不擅长即兴演讲，而且我有太多东西记不清了，我的脑子，毕竟，不是夏洛克。我说如我说如果可以的话，我想请他帮我发布一篇文章。

“这才是我该做的事。”约翰的声音沙哑着，听起来却又似如释重负，“我是侦探的助手，不是吗？”

“是。”罗西滑动一旁显示屏上的文章，低低笑起来，“你是最棒的夏洛克的助手。”

那篇文章的标题是《夏洛克·福尔摩斯，我最好的朋友》。

约翰写道：“夏洛克一生中说出‘朋友’的机会并不多，有幸的是我听到了大多数。最开始，他说‘我不需要朋友’。后来，他说‘我没有朋友，我只有你’。再后来，在我的婚礼上，他说‘约翰·华生，我最好的朋友’。”

罗西突然发现约翰的健忘愈发严重了。

一次他说她新剪的短发不好看，而她实际上已经顶着这头短发来看过他三四次了。还有一次他们在通电话，约翰忽然问：“夏洛克现在在哪儿？”她以为他想跟小夏洛克通话，于是回答：“夏洛克跟朋友出去了。”接着约翰说：“他现在有新朋友了？”她才反应过来他指的夏洛克是夏洛克·福尔摩斯。

“毕竟，”她的话在喉咙间哽了一会儿，“你不陪他出去了。”

“他去很远的地方吗？”约翰问，“我想我或许能去看看他——毕竟我回伦敦了。”

“他……”罗西望着外面的天空，“是，他去很远的地方了，不知道什么时候回来。”

“那等他回来再说吧。”约翰在挂电话前说，“记得提醒我。”

罗西知道他会忘了这件事，她也知道他不会再看见夏洛克了，但她还是说："好。"

后来她接到消息赶回伦敦，在夏洛克的墓前见到了她的父亲。他颓然地坐在墓边，一动不动地凝视布满荒草的土地，黑夜里他像是变成了另一块墓碑，只有一头白发在月光下反着光。她慢慢走到他身边，甚至没得到他的一眼瞥视。约翰仿佛丝毫没感受到她的出现。她蹲下身，轻轻伸手抱住他。他的呼吸很弱，弱得连吹起她发丝的气力都没有。过了许久，他才动了动，声音沙哑地开口。

"我……"他的声音像呼吸般微弱，穿过罗西的发间，"我忘了。"罗西的脖间落下一滴凉凉的水滴，约翰哭了。他张大嘴巴呼吸，被空气噎得抽搐发抖，罗西按住他的脖颈，让他能安稳地伏在她的肩膀上。

"我忘了。"他颤抖着重复，"我忘了……他已经死了。

"我怎么能忘了？我怎么忘了……"他喃喃道，像永远不会停下来了。他的白发被汗水染湿，那些汗混着泪沾在罗西的肩膀上。罗西抚摸他的脊背，轻声安慰他："没事了，没事了……"

但她知道永远不可能没事。名为夏洛克·福尔摩斯的伤痕永远不可能痊愈。

自从约翰那次去过夏洛克的墓之后，他的身体迅速垮了下来。没有什么大病，他只是毫无缘由地迅速枯萎了，过了十几个月，他已经不得不长期卧床。他的神志时而清晰时而模糊，清晰时他一个人发呆，手里拿着日记本涂涂写写，试图把自己尚能记得的一切记下来；模糊时他也发呆，偶尔会忽然问起夏洛克或者玛丽的消息。

"他们去哪了？"他问罗西，"为什么我没跟他们在一起？"

罗西见过死亡，很多死亡，但她见到的都是已死之人，她只用负责找出他们死亡的线索，所以她不擅长处理解释死亡这件事。她只能握住自己父亲的手，那双手苍老干枯，像垂死的树枝。她露出一个不太完美的笑容，安慰他："我还在这里呢。"她说，"你得陪陪我。"

他去世前，伦敦没有下雨。罗西坐在他床边，詹姆斯和小夏洛克站在一旁。他挥舞手臂，想要抓住罗西的手，又因为眼神失去焦距而找不到目标在空中旋转。罗西探前身，紧紧握住他的手，他们俩的手都冰冷得颤抖。

"罗西，"他撑起身子焦急地叫她，泪腺分泌出的液体不受控制地从他衰老的眼眶滑落，眼珠无力地旋转，"你还能看见他吗？"他深吸一口气，才勉强有力气说完，"夏洛克，你还能看见他吗？"

"对，"罗西忍住哽咽点头，"我一直能看见他。"

老人松了口气，慢慢往后仰去："告诉他，"他用生命里的最后一口气说，"我爱他。

"我一直爱他，直至永远。"

"我会的。"罗西把额头抵在他逐渐松开的手上，泣不成声。

"他一直知道。"

约翰的灵柩特意被安排经过了贝克街。灵车开过221B时，罗西抬头往上看。那儿的窗户在阳光下白晃晃地反着光，她只看得见刺眼的光，刺痛得她的眼睛又开始泛出眼泪。

她在葬礼上站着，看黑压压的人群、花束、棺材、墓碑，接着所有都结束了。她眨眨眼，最后一滴眼泪也落完了，她的眼眶涩涩的。她却又像终于舒了一口气，望向天空。

伦敦又开始下起雨来了。

葬礼足足办了一整天，让她疲惫不堪，但她还是坚持要回去221B看看。她心里总抱着点隐秘的希望，在麦克罗夫特死的时候也是，在玛丽死的时候也是，她希望自己能再看见他们，就像她能看见夏洛克那样。

詹姆斯跟她上了二楼。罗西上楼时差点因为体力透支在楼梯上滑一跤，詹姆斯抱住了她，握紧她的手。他们走上去，越靠近二楼的门，罗西走得越慢，如同有看不见的力量压住了她，让她无法迈开脚步。

221B的二楼在詹姆斯的眼中，还是跟过去那么多年那样，空无一人，凌乱的同时又能看出来被精心打理过。外面的雨很大，空气很湿，哗啦啦的雨声几乎透过窗户和墙壁的遮挡充斥了整个空间，他们像身处一滴巨大的水珠里。

在巨大的雨声中，詹姆斯好像听见罗西轻声说了句什么。他转过头去，用疑问的眼神问她。

"他不在。"罗西又大声了点，她的视线游离在房间中。

"约翰不在？"詹姆斯问。

"他们……"罗西说，"他们都不在。"

不仅约翰·华生不在，连夏洛克·福尔摩斯也不在。罗西忽然慌张起来，她从没见过没有夏洛克的221B，从她有记忆起，这儿就必须是有夏洛克的。而现在这个房间显得如此荒凉，仿佛失去了遮挡，让她置身在滂沱大雨之中。她打了个冷战，试图往前走一步，又连踏前的勇气都失去了。詹姆斯陪她沉默地站着，直到不知过了多久，雨开始变小了，听得见远处汽车鸣笛声传来，有人在大街上拉小提琴。

“太糟糕了，我还有一句话没有转达给他。”罗西吸了吸鼻子，嘴唇发着抖，声音在雨声里断断续续。

“我想，”詹姆斯握住她冰凉的手，“他或许并不需要转达。”

罗西转过头看着他，突然皱着眉笑起来：“对。”她说，“他一直都知道。”她放开詹姆斯的手，缓慢地走到红色沙发前，弯腰亲吻陈旧的布制沙发。

“再见，爸。”

然后她走到黑色沙发前，弯腰亲吻缺少了一个影子坐在上面的皮质沙发。

“再见，夏洛克。”她回到詹姆斯身边，牵起他的手，“我们该去接夏洛克了。”她说。

## 番外 02

未来的某天

我想要开车拜访你的坟墓，

但我并不属于那里。

——[ 美国 ] 简 · 瓦伦丁

从今天早上起来开始，我就有这种奇怪的感觉：我忘了些重要的东西。我现在的记忆力确实越来越差，比如错过了昨天回收垃圾的日子，比如偶尔忘记罗西的电话号码。每天我都会写备忘录，以提醒自己接下来该干的事。我看了一遍床头贴的备忘纸条：早餐在冰箱里，别忘了解冻；放在最里面的那盒牛奶过期了；把给马特帮忙修整草坪的报酬准备好，一共是二十五英镑；书架第三排第五本书还有一周超期归还。

但这些都不是那件事。在吃早餐的时候，我还在思考这个问题，我到底忘了什么？今天的面包有点不新鲜，我随手记下，别买这家了。有人敲门了，这是马特送牛奶的时间。找出二十五镑去开门的时候，我还在想，我到底忘了什么？

马特戴了顶帽子。

"品味不错。"我称赞他。

"当然，"这个小伙子得意地把帽子取下来挥了挥，"这可是福尔摩斯同款。"

"福尔摩斯？"

"夏洛克·福尔摩斯。"他说，"你不知道吗？"

哦，我当然知道，我还是他最好的朋友，这顶帽子还是我给他选的。我没说出来，而是多给了他五英镑。

"谢谢，先生。"他跟我道谢，戴着他的帽子跑去了下一家。

我看着他跑走，年轻人。就在这时，我突然想起我可以去找夏洛克——无论我忘了什么，他总可以帮我找出来，不是吗？他可是夏洛克·福尔摩斯。

我忘了自己多久没去拜访过他了，自从我跟玛丽结婚后，我们的联系就少了许多。至于最近，我已经完全没法从我的记忆里找到多少他的新信息了。我选了件只穿过几次的新衬衫，一条保养得不错的裤子，然后擦了擦我的皮鞋。临出门前，我才想起要刮胡子——他不太喜欢我留胡子。

对着镜子刮胡子的时候我发现我的皱纹让这件事变得有些困难，我差点划伤自己。我已经是个老人了，我想，为什么我还要刮胡子？

不是为了夏洛克，我想这么说。或许我真该把这句话印在 T 恤上。

在叫出租车时我遇到了老杰克。他在遛狗，那只金毛欢快地朝我扑上来，我赶紧躲了过去。平时我不介意跟它玩，但今天我要去见夏洛克，金色的狗毛在黑色裤子上很显眼。

“约翰。”杰克拉住了他的狗，“不错的一身——要去见谁？”

“夏洛克 · 福尔摩斯。”我说。

“谁？”

“夏洛克 · 福尔摩斯。”我拉开了出租车的车门，“你不知道吗？”

我让司机在贝克街停下。街口有人在卖气球，我买了一个。我走到 221B 前敲门，等了一会儿，没人来开门。路过的人在看我，好像我是个保险推销员什么的。不，我不是，我是夏洛克 · 福尔摩斯的室友，前室友。我掏出一串钥匙，从里面找出那一把特别的来，把它插进锁孔里，往左边扭。“咔哒”一声，门开了。

跟我几十年来一直留着这把钥匙一样，221B 的锁也从没换过。我忽然安心下来，推开门走进去，像回家一样。

我回来了。

我走上二楼，夏洛克正站在窗边拉小提琴。我没出声，站在那儿等他拉完一曲。他笔直地站在窗前，背影丝毫不见佝偻，即使是我的到访，也没让他手指下流出的优美琴音有丁点颤动。

“德尔德拉纪念曲。”一曲完毕，他放下小提琴，转身向我点头，“约翰，好久不见。”

“夏洛克，”我意识到我的音调不自觉上扬了，“好久不见。”

夏洛克把小提琴收起来，坐在沙发上，我也跟着坐下。那么多年未见，他看起来仿佛从没老过。除了鬓边添的白发和脸上添的皱纹，他简直不像跟我同一个岁数的人。他依然挺拔、睿智、敏锐、出奇的迷人，如同他从没经历过如此漫长的时光。我感觉有点窘迫，同时庆幸自己出门前好好收拾了一番。

“约翰，”他朝我微笑，“你有什么需要我帮忙吗？”

“你看出来了。”我并不惊讶，“我想让你帮我找……一段记忆。我忘了一些重要的东西。”

“有多重要？”他手搭在嘴前，上身前倾，眼睛直直地盯着我。有一瞬间我被那深邃的绿色扰乱了思绪，直到他眨眼，我才想起来回答。

“像……”我点点脑袋，忘了手里拿着个气球，氢气球脱离我的手，撞上了房顶，“像心里有一个洞。”

我对面侦探的表情变得有些奇怪，他的嘴抿了一下，眉间皱起浅浅的沟壑。他看起来不是在困惑，更像是难过。但那表情一闪即逝，他抬眼望着那个气球："这是什么？"

我试图够那根绳子，它飞得有点高，我跳了一下才拿住它。

“我想，这次我是委托人。你可以把这个当作约翰·华生？”

他笑起来，从旁边的桌子上拿起一支马克笔，在红色的气球上面画了几笔，一个人的五官跃然其上。

“这才像约翰·华生。”他说。

他站起身开始往楼下走。“我们要去哪？”我问他，“你知道答案了吗？”

“我知道，约翰。我总是知道的。”他回答，“但这次你得自己去找出来。”

片刻后，我们坐在一家餐厅里。我把气球系在椅子上，拿起桌上的菜单。

“你还记得这儿吗？”夏洛克问我。

我记得。我忘了很多事，但这个我记得，这是我无数次表明我跟夏洛克不是一对的开端。

“现在没人给我们点蜡烛了，嗯？”

夏洛克笑着指指菜单：“吃点东西吧，约翰。接下来是段不好走的路。”

“你不吃？”

“不，我不需要。”他回答。

我来找他之前才吃过早餐，但在他的坚持下，我还是吃完了一份牛排，并且打包了两份外带——华生卷和福尔摩斯卷。年轻的服务员还略显骄傲地给我们介绍这道菜：“夏洛克·福尔摩斯和约翰·华生曾经在我们店用过餐，这是以他们为灵感设计的菜式。”我跟夏洛克都笑了，没有人认出我们是夏洛克·福尔摩斯和约翰·华生，我也乐于尝试这以我们为灵感的菜式。我把装了两个卷的袋子提在手里，以防在接下来那段“不好走”的路程里我们需要补充体力。

我们叫了一辆出租车，夏洛克报出一个地点。他说的地方听起来有些耳熟，但那熟悉的感觉从我脑海里一闪而过，我再找不到任何线索。至少我知道夏洛克是正确的——他总是正确的。

我看着车窗外的风景向后掠去。车速并不快，因此我得以好好看看这座变化了许多的城市。回伦敦后，我也不止一次经过这些地方，但有夏洛克坐在我旁边，一切好像都不同了。他跟我指出哪些地方我们曾去过，帮助我在模糊的记忆里捞出它们原本的样子。我们聊着以前的时光，最初的出租车杀人案，我被他打乱的约会、猎犬、炸弹、烟灰缸、夜晚的星空、被遗忘的拐杖……开车的司机向我们投来了几次目光，我悄悄凑到夏洛克耳边，问他："他是不是杀手？"然后我们大笑，直到我笑得弯下腰来咳嗽。

等我直起腰来时，夏洛克正安静地看着我。我也没有说话，安静地跟他对视。这样的沉默并不让人讨厌，而让我感到由衷的舒适。我知道我不必紧张任何东西，因为夏洛克在这儿。

车停了下来。后半截我们都在走偏僻的小道，现在车正好停在一条上山的阶梯前。我付了司机钱，跟夏洛克一起下了车。我抬头望这座山，并不算太高，但对现在的我来说依然是个不小的挑战。夏洛克丝毫没停顿，走向了阶梯。

"这是哪儿？"我问他。他没正面回答我，只是说："你会记起来的。"

他没说我会知道的，而是说我会记起来。我的心跳突然顿了一下，带来些许窒息的感觉。夏洛克的身影已经快消失在山道的拐弯处，我提着食品袋和气球，快步跟了上去。越走进山里，树木越多，把今日还算晴好的太阳都遮住了。这里看起来人迹罕至，我们一路走来，没碰到任何一个人，只有几只小鸟和松鼠从我们身边经过。它们并不怎么怕人，歪着头打量我们，甚至有只鸟儿想来啄我手上的袋子。

我精心挑选的衬衫开始被汗浸湿，汗从我的额头上滑落，"啪"地打在食品袋上。我选的皮鞋也并不适合登山，我的膝盖隐隐发痛起来。夏洛克停下来回头看我，他连大气都没喘几下，更别提出汗了。可他明明也穿着皮鞋和厚重的大衣。

“休息一下吧。”他捡起一根树枝，扫干净一块地方，让我坐下。我扶着腰坐下，呼出一口气。我的肚子确实有点饿了，于是掏出“华生卷”，打算吃掉。我把“福尔摩斯卷”递给夏洛克，他摇摇头拒绝了。他没坐下，而是站着，抬头看没入丛林里的道路。我看不清他的脸。

有小鸟蹦到我身边啄食碎屑，我没赶走它。直到吃完东西，把气顺过来，我才开口问道：“我们还要多久才能到？”

夏洛克没有应声。我又叫了他一声，他才突然反应过来似的看向我，皱着的眉还没松开。

“快了，约翰。”他低声说。

我们重新启程，他好像并不太开心。他递给我一根树枝作拐杖，我原本想拒绝，最后还是没办法。我的腿开始明显地一瘸一拐，没法在狭窄的小道上保持平衡。在我又一次踏空后，夏洛克把那根树枝硬塞给我，我也握住了它。现在我走得比先前慢了许多，腿部的疼痛和体力不支拖住了我的脚步。更重要的是，每接近终点一步，我的心悸就变得越来越严重，以至于我不得不停下来深呼吸。我想把这归咎于体力透支，但事实上我明白是那个我记不起来的真相在让我恐慌。有几次我想把树枝扔在一旁，跟夏洛克说我累了，我该回去了，我还有许多事要做，我要买明天的早餐，给罗西打电话……但是我没说，因为我知道这是我必须弄清楚的一件事。

我一手握紧气球的线，生怕它因为我手心的汗滑走，一手撑着树枝，佝偻着腰，艰难地迈开脚步。原本夏洛克一直走在我前方，在我们离得太远时停下来等我，然而当我埋头走了一段路，再抬头时，才发现他已经不见了踪影。我的手颤抖起来，那根树枝在地面上戳来戳去。

“夏洛克！”我喊道。一群飞鸟被我惊起来，却没人回应我。我加快脚步，拐过一个弯，才发现这条路已经到了尽头，走出山林外，是一片开阔的平地。我一眼望过去，没看见那个熟悉的身影，只看见几块耸立的石碑，孤零零地站在荒草里。

“夏洛克！”我又喊了一声。我的力气快被这段漫长的山路耗尽了，我的声音颤抖着传出一段距离，消失不见。

这条上山的路没有岔道，有可能是他走到林子里藏起来了，我想。但冥冥中我又知道这不是正确的答案，我的腿带着我往那片石碑迈去。我的速度很慢，心底的阴云像黑影一样笼罩着我。我隐约想到了一些可能性，可是我不愿意相信。我更愿相信自己的想法是错误的，而夏洛克会不知道从哪儿跳出来指正我。

我终于走到了那片石碑前。

它们是墓碑，我早该知道。

有些上面刻了名字，有些没有。

我的心急促地跳起来，有个声音告诉我：“约翰，回去吧。”但我又隐约看见在石碑间，在暮色正降临的昏暗里，模糊地闪现过夏洛克的身影。我茫然地站了会儿，还是往前走去。

有只乌鸦朝我手里的气球飞过来，我一躲，没站稳，摔到了地上。那个画着滑稽脸庞的气球从我手里滑走了。我扶住身边的石碑，试图站起来，接着我愣住了。石碑上凹凸不平的痕迹擦过我的手指，那里刻着字。我转向石碑的方向，天已经完全黑下来了，我的视力不足以让我分辨出上面的字。我摸索着石碑上面的痕迹，最开始的字母是两个弯，然后是一道竖加拱桥的形状……我的手不受控制地颤抖，带动着我身体的每一部分开始颤抖。

"S-h-e-r-l-o-c……"在第一排单词还剩最后一个字母时，我停下了。我狠狠咬了一下自己的指尖，石头和灰尘的味道弥漫在我嘴里。我还抱着最后一点希望，颤巍巍地去触碰最后的字母。

"k。"

仿佛黑沉沉的天空中突然劈下一道闪电打在我身上，我几乎瞬间瘫倒在荒草间。我已经不用再去确认下一排的姓氏，因为我已经想起来了。

我想起来水族馆、枪声、在我眼前变得平直的心电图；我想起罗西，她说她能看见夏洛克，她说我们得道别；我想起我离开，又回来。

我想起夏洛克·福尔摩斯已经死了。

我的每一丝神经都在向我发送疼痛和疲累的信号，我的腿痛得像快断了，手无力地垂下来，直到嘴里的味道变得有些甜腥，我才反应过来我咬破了自己的嘴。

我心里不再是有个洞的感觉了，我找回了那一块，而那一块如同浸满了毒的药，安在我心脏的中心，每一次心脏的跳动都让那些剧毒随着血液渗入我的身体里，带来针扎似的疼痛。

我用最后一点力气挣扎着换了个姿势，坐在墓碑边，头抵着冰冷的石块。

"夏洛克。"我叫了一声。我知道没人会回应我了，但我又叫了一声，"夏洛克。"

"夏洛克。"我察觉到自己的声音带上了一丝哽咽。这丝哽咽逐渐扩大，我张大嘴呼吸，咸涩的水珠流进我的嘴里。

一只乌鸦拍打翅膀，停在我脑侧的墓碑上。我听见它在墓碑上踱步，发出嘶哑的叫声。它凑近我的头发，仿佛在估量我是否是可以啄食的腐肉。我没有动，没有抬起手驱赶它，我太累了。

我闭上眼。

黑暗里我隐约感觉一个人影走过来，他好像在看着我。

“夏洛克。”我叫他。

END

# 无人岛

DESERT ISLAND

文///////阿彬哩

一 见 如 故 0101 ∞

All the effort is u

相 见 恨 晚 0101

DESERT ISLAND

DESERT ISLAND DESERT ISLAND

DESERT ISLAND DESERT ISLAND

DESERT ISLAND

# DESERT ISLAND

DESERT ISLAND

DESERT ISLAND DESERT ISLAND

DESERT ISLAND

# 无人岛

文/阿杉哩
搞CP重度患者。

## 倒 01 带

出道第十五年，B 喊 C 去看他的演唱会。

彼时他们正巧在公司遇见，都压着一顶棒球帽，裹得密不透风，手里的冰美式蒸出一大片水珠，濡湿了二人的手心。

“没几天不是要跨年了吗？” B 说，“正好是跨年夜，你来吧。”

他像在询问，又像是肯定，而 C 看不清他的脸，只能从语气里判断他是真心邀请还是客气一下。可毕竟是 B，按理说……按理说，不会虚假奉承。

C 答应了，走之前，有意无意地多问了一句：“其他成员来吗？”

B “嘿嘿” 笑了两声：“会吧，就差你啦。”

C 点点头。这样就很好了，这样，有那么一晚回到十五年前，就很好了。

十五年前。C 眯起眼，回忆骤然倒带。

## 初 02 雪

关于他们，用简单的两个词就可以形容——一见如故，相见恨晚。

这话说得有点夸张，毕竟在那二十出头的年纪里，两个咋咋呼呼的大男孩，是不缺感情的，无论是亲情还是友情。他们那么出众，接受着那么多的爱意。

但也有点不同，比如B刚来公司时，即便性格开朗识趣，讨人喜欢，还是免不了会觉得尴尬，更何况刚成为练习生没多久，就直接空降到了出道预备队里。据说，还挤走了人。

他刚到的时候有些紧张，不大的练习室塞了十几二十个年轻的男孩子，交谈声不多，投来的目光倒是不少。他木然地靠着镜子，耳边只有音响震动和运动鞋摩擦地板的声音，木质的地板反射着室内的光，洇着少年们咸涩的汗水。

“欸。”面前却突然盖下一片阴影，“你就是B吧？”

B茫然地抬头，看到一只胳膊朝自己伸过来，那只手虚虚张着，是示好的动作——有些大，手指长，指甲剪得很光滑。他对于自己观察一个陌生人的手感到无语，连忙笑着握住他，客气道：“是的，前辈好。”

“等你好久啦。”那前辈冲他笑，牙齿整齐、雪白，一双大耳朵压在棒球帽底下，头发长长地攀在颈子上，“别喊前辈啦，我是C，一起加油吧。”

B依然笑，点头，将那只手好好握了一握，心头想着：这头发，看着真热。

二人熟络起来好像也不过几天的事，有待了比较长时间的练习生问他们俩怎么那么熟，就会有人笑呵呵地回答："可能因为两个人都是调皮鬼吧。"

练习室里一半的笑声都是他俩带来的。但笑声背后是辛苦、疲惫、止步不前、遥不可及。他们都明白，这小小的练习室藏着一窝兄弟，也是一窝敌人，出道位仅仅是现有人数的一半，这意味着，有一半人要止步在这方寸之地。

他们年轻无畏，把彼此当朋友，虽个个都铆足了劲想出道，但如果真的失利，也是会衷心地祝福彼此的——或许会吧。嘴皮子上都这么说，可梦想说没就没了，还是只差一点，这么一点，足够要他们的命了。所以笑声以外，B 记住了他们每个人倔强的双眼。

他是空降的，他付出的努力远不及这些练习了好几年的人，有人看不起他，有人觉得他靠关系，有人认为他绝不可能出道。

所以……

"B，不回去吗？"C 收拾好了背包，问他，"很晚了啊。"

B 摸了一把脸上的汗水，反问道："离出道选拔还有多久？"

"三个月，怎么啦？你不要急嘛。"C 宽慰他，"你实力很强，会出道的，相信自己！"

他做惯老好人了，对谁都这样说。B 笑了一声："你当然不担心。"

他这几个字，算是对 C 实力的认可，却也是无心一扎，狠狠捅进 C 心窝里。谁都知道，这个有名公司的练习生，个子又高又帅气，还没出道就有了粉丝后援会，说这些话的人，有的是羡慕，有的是讽刺。

而在 B 嘴里，在他哼笑着说出来时，恐怕还是讽刺居多吧。

B 很快意识到了自己出言不妥，刚准备解释一下，就看到 C 挠挠鬓角，有些难堪地说："我也担心啊……我压力也蛮大的，其实我舞蹈一直练不好，我怕拖后腿，也怕喜欢我的粉丝失望，唉。"

他似乎并没有觉得B那句话有些阴阳怪气，反而真诚地吐露了心声："要不，我陪你一起继续练吧？"

B觉得心里发软："嗯。"

不久，冬天了。寒风簌簌的季节里，只有一件事值得期待——下雪。

尤其是初雪。

充满浪漫细胞的人类喜欢给各种美丽的气象冠以自己的念想，比如每年的初雪，寒冷却迷人的时刻，那是最适合告白的时刻。

雪花会拥抱每一双有情人。

然而对于不怎么浪漫的人来说，初雪或许更意味着冻到发僵，冻到想吃炸鸡配啤酒。

从练习室出来后，纷纷扬扬的雪在淡色的灯光下缓慢坠落，刚好在地上铺了层薄毯。B吐了一口湿热的气，在空中弥漫成白雾。

"太冷了。"C在他身边缩脖子，"不过初雪啊，真漂亮。"

"嗯。"B也搓搓手，"快赶不到地铁了，赶紧走吧。"

两个人就蜷着身子在雪中慢跑，鼻尖耳尖全冻得通红，好不容易跑到了地铁站，却依旧没赶到最后一班地铁。说是雪天出故障了，最后一班取消了。

"阿西，太扯了吧。"C差点爆粗，"那只能打车了？心疼我的零花钱。"

B吸吸鼻子，有点犹豫，他租的房子离公司实在太远了，坐地铁都得花一个多小时，打车的话，对钱包还真不怎么友好。

要不干脆睡练习室吧，没什么大不了的。B 暗暗决定了，说："那我就不回去了，你先走吧。"

C 瞪大了眼睛："你睡练习室吗？"

B 点点头。

"可是多冷啊。"

"有空调，没事。"B 笑道，"快回去吧你，很晚了。"

C 微微皱眉，思考了一会儿，说："好吧，那我陪你。"

他总是这么义气，这么想着别人，连苦也非要一起吃。可他们才认识没几个月，虽然很契合，很投缘，但无论如何，还没到"我陪你"这个地步吧。B 有点犹豫，刚要出口拒绝，就被 C 揽住肩膀往外推："啊对了，公司对面的烤红薯非常好吃，现在不知道还有没有，去看看！"

那是一个非常寒冷的下雪的夜晚，B 记得很清楚，他和一个高个子男孩在路上疯跑，唯恐烤红薯的小摊走人，而后终于气喘吁吁地买到了最后一个烤红薯，他们忍着烫将它一分为二，暖烘烘地捧在掌心。

甜而绵密，烫着肌肤和舌尖。

"好吃吧？"C 问他。

B 和他一同往公司走，仰头，C 的身形和雪几乎相融。

"嗯，好吃。"

从那时起，他们开始学会了任何事都"一分为二"，无论辛酸苦闷，还是痛快愉悦，都一同分享。

## 出 03 道

初雪没过几天，出道选拔结束了，一群孩子惴惴不安地等待结果，但其实，结果早已心照不宣。

从练习生的曝光率和前辈们的话语中就很容易发现哪几个人已经板上钉钉了，但只要没有正式宣布，心里就总有一丝侥幸一丝希望，或一丝忐忑一丝不确定。之前所想的彼此祝福，此刻也成了空谈，有时候，他们连笑容都变得虚伪起来。而等名单真正下来后，一颗颗心终于尘埃落定，无论结局，全都如释重负。

名单里，自然有他们俩。

B 在看到自己名字的时候比他想象得要淡定，他连呼吸都没有起伏太多，可当他看到 C 的名字出现在他附近时，一颗心却开始猛地撞击胸膛。

没一会儿那傻大个就跑过来抱住了他，欢呼："呀！我们一起出道了！以后多多指教啊！"

然后在 C 的闹腾下，出道名单中的少年们都抱在了一起，把 B 挤在中间，气都喘不过来了。

"加油啊！！！"

十几个少年的心跳怦怦乱响，那被汗水浸透的地板，终要换另一批主人了。

出道夜定在开春的某天，舞台展示后，他们会进行自我介绍，这标志着他们正式成团出道，此后，在每一个搜索引擎里都会有他们的名字，从这一年的春天开始，延续他们的故事。

公司从冬天就开始放预告，吸引了足够多的目光，吊足了胃口，就是为了这一夜。而他们羽翼尚未丰满，在面临人生中第一个大舞台时，难免激动不安，难免胆怯又期待。

B 化了浓浓的妆，温和下垂的内双被涂上有些夸张的眼线，幸而并不诡异。但 C 在看到他的时候还是没忍住扑哧笑了出来。

B 怒了，使劲揉他烫得像只泰迪犬的头发："笑什么啊！"

二人打打闹闹了好一会儿，等工作人员来催他们去后台准备了才收手。场外已有粉丝的尖叫，VCR 播放的声音连带着后台的器械都在共振。

"嘶。" C 握了握拳，"紧张。"

B 瞟了他一眼，没作声，其他成员也纷纷附和，跺脚的跺脚，深呼吸的深呼吸。

随后队长一声令下，一群人围成了圈，掌心叠着掌心，生涩又激动地第一次齐声喊出他们的口号。

"加油啊！！"

"我们可以的！"

C 的手恰好盖在 B 手背上，高声呼喊后他们一齐抬起胳膊，向上空挥开手臂，心头的紧张逐渐被向往取代。而 B 记得他手背上那温软的，带着汗湿的触感。他捏了捏 C 的肩，仿佛这样就能给予他一些力量，尽管连他自己都害怕："别担心，我们可以做到的，我们可以做得很好。"

舞蹈动作，歌词，旋律，一一都镌刻进了他们的身体里，不过是把每日在练习室重复的东西，展示给喜欢他们的人看而已。

何其荣幸。

C 重重地点了点头。

舞台结束了。

他们一个接一个，在粉丝的欢呼里再次重返舞台，从最右开始，一个个进行自我介绍。

C 在队伍末端，便一手攥着自己的胳膊，一边静静地聆听。聆听队友兴奋得带着些颤抖的声音，聆听舞台填满了场子的粉丝尖叫声。

“大家好，我是 ×× 组合的主唱担当 B。”

然后是鞠躬，笑容，对，他们都一起练习过了，练习了无数次。

啊，对，他等下也要这样介绍自己，不要太跳脱，也不要太拘谨。

聚光灯打在他们身上，C 静静倒数着，在心里重复那句自我介绍，汗水已经干透了，让他身上黏糊糊得很不舒服，妆也有些花，这第一印象或许不会太好吧。

可是。

“大家好，我是 ×× 组合的 Rapper 担当 C。”

他故作淡定地摆了一个比较酷的手势，却又羞涩地笑了，朝观众席弯下腰，耳边似有若无地传来笑声，没有用话筒，但他听得清楚。

B 在笑他，C 用余光瞪他：笑什么啊。

可最终，自己也忍不住，压弯了眉，翘起了嘴。

从练习室昏暗的角落到舞台上刺眼的灯光，从懵懂少年时到二十岁初露锋芒，他们还没有一起走过太久的路，可从现在开始，直到比遥远还要遥远的未来，这条路上都不会再缺少他们之中的任何一个人了。

他们说好的，“一分为二”。

至此，所流的汗与泪，都蒸发出了甜。

组合的火爆发生在出道第二年，正规一辑的发售。

在这之前，他们度过了漫长的空窗期，甚至被外界评为大公司的失败试验品、赔钱货，成了这个出团必火的公司的一个滑铁卢——然而，幸好。

终于火了，还好火了。资源接踵而来，综艺、电台络绎不绝，粉丝数呈井喷式暴增……那些浸着泪水味的面包和不断受伤的膝盖终于有了最好的回报。

他们也开始学着去当一个明星，学会维护形象，学会在粉丝面前温柔又不失距离，学会躲避狗仔和私生，学会只在无人时出行。

学会放弃一些必须放弃的，比如，爱情。

"作为爱豆是不能谈恋爱的，虽然没有明文禁止，但我想你们应该都知道爱豆谈恋爱就是完了吧……孩子们，出道多难啊，要珍惜。"

每一个前辈或老师都这样告诫过他们，至少在组合上升期，在他们还没有完全进入大众视野时，粉丝是最不可或缺的力量，所以他们决不能一边向粉丝示爱，一边又去幻想爱情的甜美。

大家都心知肚明，可是那又怎样，被曝出恋爱的爱豆不在少数，人人都心知肚明，但人人都抱有侥幸。

C 从没想过这事儿会发生在自家人身上。

在他们最火的那段时间，乱七八糟的绯闻也是最多的。他们都不习惯，但都看得开，人红是非多，有利用价值才会有人乱写，其中真真假假，都不必过多理会，只要安分做好自己该做的事就行了。

但外在波澜尚可不必理会，内部的呢？组合刚红了一年多就爆出了成员离队的消息，铺天盖地的媒体报道，让他们每一次曝光都顶着成吨的压力，闹过以后，个别心态崩溃的，或是年龄比较小的成员，还抱着哥哥哭喊，有时无声流泪，有时愤怒质问。但除此之外，他们什么都不能做。

C算是队里年纪比较小的，也细腻多情，为这事儿流了不少眼泪，但哭过之后，还是得迎着笑脸去上节目拍东西。明星嘛，喜怒哀乐，只有喜乐是能给人看的，怒和哀都留给了亲近的人。他亲近的人——B，就替他擦了不少的眼泪。但说来奇怪，C竟没有看过他哭。

"你未免也太能憋了。"C调侃他，"男子汉也是可以哭的嘛。"

B只是长叹口气，喊C的名字，说了句无关的话："确实，挺累的。"

但他还是没哭。

"做爱豆要牺牲的可能不止这些，还有你的知情权，你的选择权，甚至是你微笑和哭泣的权利。"

这些道理，C也是从进入公司就开始听，到现在都铭记于心的。

所以在看到新闻，得知B被曝恋情时，他慌张了一瞬，看着手机屏幕笑出了声："这什么啊，太扯了吧。"

可他把截图发给对方后，却迟迟没能等来回复，电话也打不通。

C火速联系了他们的队长，听到那头支支吾吾地敷衍他，又不住地叹气，才终于意识到确有此事，且十分棘手。

短短一个月，组合再次陷于水深火热中，然而这次要面对一切的，仅仅是B。C心里冒出了两种截然不同的情绪，一种是愤怒和失望，气B为什么不能再小心翼翼一点，气他为什么偏要在这个时候选择恋爱。

一种是担心和……难过。

他担心 B 会因此遭人辱骂，失去粉丝，受到伤害；他难过，因为这件事他一直都不知情，亲密如他们，却还是从新闻上看到的消息。

——他并不信任我。

C 失神地想。

绯闻风波在双方都损失惨重的情况下，没有延续太久就渐渐退出大众视线了。幸而组合拥有傲人的业务能力和敬业态度，在经历了这么一些事后依然拥有着超高的人气，甚至持续不断地在吸粉。

只是表面风光依旧，私下的付出和疼痛鲜有人知。

综艺、专辑、演唱会，该进行的事业都在好好进行，该练习的曲目没有一个落下，作为大公司培养的爱豆，他们一直都保持着练习生时期的强度，如此，身体情况告急也不过是时间问题。

今天这个腰疼，明天那个崴脚，这天，轮到了 B 胃疼。

他经常胃疼，并不是胃有毛病，而是神经性胃疼，其实和精神状态有关。在听了医生的吩咐后，B 回到宿舍躺尸，蜷成一团躺在床上，闭上眼。

他和 C 住一间房，二人常常在屋里闹腾，被其他成员嫌弃，说最好别把他俩放一起了，太吵了，但至今也没能实现。而后他又想，确实，现在他们已经不怎么吵了，他们连话都懒得和对方说一句。

大概是那件事以后吧……B 想，他接到公司的安排时，被告知的就是不允许告诉任何人，而正如前辈们所说，他们没有选择权。

合同上签着白纸黑字，他们才出名两年不到，他们没有选择权。

于是B同意了。他实在有点委屈，但又确实可以理解C，C生他的气，和他冷战，怎样都合情合理，他没有资格多说什么。

只是，确实……难熬。

昏昏沉沉地，快要睡去的时候，门突然被人推开了。

B恍然惊醒，抬头望向门口，C正懵懵地看着他，手里拎着一个打包盒。

然后，可能是因为视线相撞的时间太长，这气氛太难得，C终于舍得说出了第一句话："……你没睡啊？"

B忽感如释重负，身子都软了："没有，你怎么回来了？"

录制结束了就回来了呗，他这纯属没话找话。但幸好C嘴巴不毒，没有呛他，只是把手里的东西放在了桌上，偷偷地关心他："给你买了粥，喝点吧。"

然后就准备出去了。

B坐起身来，几乎是慌张地喊住他："等下……你，你陪陪我吧。"

——就像那个下雪的晚上，你满眼星光，说"我陪你吧"。

我们不是应该信守承诺的吗？

C听了他的话，似乎触动了，手指捏紧了衣摆，后又松开，倔强地没有回头："你多大了，还要陪。"

说的话倒更像小孩子怄气。

B笑："和你一般大。"

"没时间跟你开玩笑，自己把粥吃了，我走了。"

"喂，不至于吧……"

突然不知道被触到了哪根神经，C猛地回过身来，瞪着他，声音也提高了："怎么就不至于了？！你根本不把我当朋友，什么都不告诉我，不和我商量，我还不能生气了吗？！"

B被他吼得发蒙，"啊"了一声，还是笑："能啊，你，你生气归生气，但是，不至于生那么久气吧……"

"你还笑。"C吸了吸鼻子，眼眶红了，"你就会装，你真能装。"

说着就甩了门，徒留一室安静。

B瞥了眼桌上的打包盒，叹了口气。

但骂出来总比憋着好，B稍稍好受了点。

他乖乖吃完了粥，去客厅时遇到了队长，却得知C又出去录节目了，真忙，就没见他这么忙过。

也是，上升期嘛。

B就坐在客厅里等，百无聊赖地看着电视，等到电视剧演完，开始放综艺。

是C上的那个综艺。

他看着C在无数个摄像机底下欢笑，和别人打闹，可爱又真挚，仿佛他就是一个这样快乐而纯粹的人。当然，C的确快乐而纯粹，可他还暴躁，爱哭，会骂人，他的笑容已在镜头下透支，所以留给自己的都是眼泪。

眼泪啊。

等B回过神来，才发现自己突然哭了。

是积压太久的情绪，满身的戾气和无奈，满心的悲伤和无助，有时甚至在镜头下他都无法做到微笑了。他不知道怎么会走到这一步，成名怎么会这么痛苦，有这么多无可奈何、身不由己。

他记得刚登上舞台时的灯光，记得那些欢呼，可那灯光虽耀眼，却也曝光了他所有的秘密，那些曾为他欢呼的人，也不知现在是否恨他。

C，你恨我吗？你怪我吗？

B睁开眼，听见了门口传来响动。

C拖着疲惫的身子走进来，正对上B湿漉漉的眼睛。

那一瞬，浑身尖刺的C消失了，又变回了那个暖呼呼的傻大个，跑到他面前有些无措："怎么哭了？"

B擦干净眼泪，轻轻抱了抱他："对不起啊，咱们和好吧。"

于是非常简单地，他们和好了。

他们开了两罐啤酒，坐在客厅聊天，如同以往每一次交谈，畅快而不分彼此，吐出心中的苦闷，释放压抑的情绪。

B说得尤其多，说他有多难，说他有多累，说他很害怕连累组合，说他最害怕……失去C。

"我想永远和你这样，舒服地相处，你是最懂我的人，你不能离开我。"B像是醉了，说的话有点难为情，"以后我什么都告诉你，什么都和你一起扛，我吃的苦你也要一起吃……你，你也一样。"

C觉得他喝醉了真好玩，一边逗他一边拿手机拍他出糗的样子。

但等他说出最后一句话，却又觉得心脏怦怦跳个不停，那种触动，很像出道舞台那晚，在后台和他彼此鼓励的时候。

"我想永远和你一起造梦。"

何其荣幸，和你一起，共享荣耀，共担苦难。

褪下光芒是窝在沙发里的醉鬼，站上舞台，却能成为彼此的英雄。

流 05 年

“来听我的演唱会吧，我来唱你写给我的歌。”

在B的不懈邀请下，C抽出时间去了他的演唱会，和他，和全场粉丝一起跨年。组合历经十五年，成员各自发展都很成功，B转型SOLO歌手后尤甚，成绩可以说是一骑绝尘。

无人不为他欢呼，为他感到骄傲。那些或辛酸或难熬的过往，都一一变成了可口的糖浆。

因为是非贩卖区域，C的位置离舞台很远，可以说是遥遥相望，他一个人坐在那里，眼底闪过舞台的灯光，突然想起来B说他还叫了其他成员，可怎么没看见一个人影？

但来不及多问了，演唱会开始了。

这不是C第一次在舞台下看他的演出，但说实话，每次都会有惊喜。B确实是个非常适合做爱豆的人，只要站在舞台上就会发光，可他们偏偏又太熟悉了，他见着这样的B，又会想起他私底下的样子。

从前，那些挤在一间屋子里的岁月。

他想起出道初期，他们总共用一把伞，每次都是他撑着；想起去国外拍摄，他们找机会逛了街，那人却在人生地不熟的城市迷了路，像小孩子一样不让人省心，还好最后找到了彼此；想起某年冬天，整年的行程终于结束，他们相约去了日本滑雪，那人丝毫不熟练，摔得凄惨，事后还怪他把他出糗的样子发到网上……

想起，那么多，那么多的曾经。

那是十余年的陪伴。陪伴，多么轻易的两个字，在他们身上却显得这样弥足珍贵。

“啊，啊，听得到吗？”

“听得到——！！”

C 回过神来，发现 B 已经换了一套礼服，坐在舞台中央，身前是一架钢琴。钢琴弹唱，难得。

B 早已褪去了早年的青涩，连发色都不染花里胡哨的了，柔软的棕发贴在他额上，灯光倾泻，显得他分外温柔。

“这首歌，是世界上另一个我写的歌。”

“送给你们，送给他。”

旋律很熟悉，C 靠在那儿，静静地听着。

他无端想起他们第一张专辑里的一首歌，歌词写的是彼得潘，Neverland，那美丽而不可即的童话故事。

这么多年，他无数次地想逃离，找一个属于他的，他们的无人岛，任凭外界风雨喧哗，什么也不管。

可那座岛屿就在这里，他们早就已经选好了。

那是他们的永无乡，可以安放灵魂的无人岛。没有人打扰，所有梦和爱都能展翅高飞。

梦想仍在继续，在一起的日子里，就是永远的青春。

END

# 黑粉给我盖了

BLACK FANS

文 /// 鸭先知

有人哭着进场被逗笑

最大的事业楼
有人听着笑话却哭了

# 黑粉给我盖了最大的事业楼

文/鸭先知

非著名恋爱指导大师提醒您：现在是甜品摄入时间，请跟随小鸭指示，及时补充糖分。

01

我进后台的时候正好有个师兄出来，师兄看见是我，没有着急出门，而是促狭地笑了笑，用肩膀撞了下我才慢吞吞往外走。

我们公司的后台大部分是胖子，我作为数量稀少的瘦子，被这一撞弄得踉跄一下，心也跟着飞了出去。

众所周知，说相声的没多少“好人”，我们这个四百人大型男子团伙，台上美其名曰弘扬中华传统艺术，下了班把大褂一脱，齐刷刷往街边一站，活像一群收保护费的，气质拿捏得特别到位。

被这群人这么重点关心了一下，我顿时有种掉头就走的冲动，但是不行，等会还要上台演出，大褂在里面，搭档也在里面。

我踌躇片刻，还是推门进去，几个大老爷们挤在沙发上围着一只小手机，精神奕奕，目光灼灼，劲头比钻研台本子还足。我家捧哏被挤在中间，像个小雏鸡扔进了肉鸡窝，被挤得分外可怜。

我连忙把自己搭档从里面揪出来，看着队长和领导家孩子都出动了，我深觉大事不妙："怎……怎么了？"

是昨天抛的包袱不够有趣被观众举报了？还是没刮胡子穿着拖鞋扔垃圾被偷拍投稿到营销号了？

不至于吧，我们没这么火吧。

队长看我的表情不对，连忙安慰："别瞎想别瞎想，就是最近有个讨论你们的帖子特别火，你自己来看看吧……"

手机被接龙一样递到了我的手上，我定睛一看："嗐，不就是粉丝搞的事业帖子吗，咱们后台谁还稀罕这个啊？"

说实话，相声搭档登台，观众从无到有积淀需要很长一段时间，观众并不是粉丝，愿意等你慢慢成长，人家买票是来找乐子的，听了觉得没啥笑点自觉吃了亏，有的甚至能直接把茶盅往演员身上扔。

现在表演环境已经很好了，小姑娘来听相声的多，觉得不行也温温柔柔，客客气气地提意见。因此每一对相声搭档都有几个著名的事业楼，里面全是关于业务探讨的，我们有时间也会用小号上去看一看反馈。

队长捂着嘴笑道："你看看主题，再往后看看内容。"

好家伙，队长一个三十多岁的人，白白净净跟个兔子一样，惹得一群如花似玉的小姑娘们要争着当他的"小妈妈"，这就是传说中的"妈粉"了。

被队长这么看一眼，我只好耐下性子来把帖子从头往后翻，光是往前跳页码都跳了三分钟。

我把帖子折回第一页从头开始看，才发现这与其说是个事业帖，不如说是个黑帖来得更确切些，硕大标题意简言赅：相声界的 Q 某何时能够独立行走？

1 楼：如题，真诚发问，Q 能不能用心钻研业务，遇事儿麻烦别老让 F 出来挡枪了行吗？耽误 F 就一辈子糊穿地心。

2 楼：?

3 楼：深夜这个时间发帖，怀疑是钓鱼，要真是粉丝就别给你家哥哥招黑了。@ 管理员 来删。

4 楼：你先问问 F 同不同意你说的挡枪？ F 算社里节奏掌控超神的，从来不惯着刨活的人，捧哏护着自家角儿天经地义，到你这儿怎么就成耽误了？

5 楼：啊？开玩笑还是认真的，现在粉丝非要抖自杀性包袱，捧哏的都指着逗哏吃饭，Q 糊了你要让 F 饿死啊？

6 楼：别的不管，你要是说 Q 业务不精那我可就开杠了啊，社里面论文艺、涉猎和表达模仿 Q 都排得上数吧，造的包袱也多，"企鹅之父"的包袱不会有人不熟吧？小企鹅觉得生活百无聊赖……

【慎入洗脑小企鹅视频，看了就停不下来】——链接

7 楼：我要去当晚餐 .jpg

企鹅觉得生活百无聊赖 .jpg

8 楼：小企鹅钢盆讨饭 .jpg

9 楼：好心人一生平安 .jpg

10 楼：哈哈哈哈哈哈深入人心，已经自动配音了。

11 楼：楼主要是说 F 被耽误我也不服哈！没人发现 F 每次都乐在其中吗？社里的传统就是自己的搭档往死了疼，别人家搭档往死了折腾。有次 Q 请假 F 跟别人搭的时候，师侄小土豆说错一句就敲一扇子，差点把人家孩子打成土豆泥。但是 Q 一回来，F 站在他身边笑着看 Q

的时候就温柔到我整个人都要化了，双标太明显，想让F开班授课如何做到光明正大理所应当的偏心，非常想学。

12楼：他们是互相成全，他俩只有在对方身边才能发挥出百分百实力。就是Q能不能别这么憨了，老爱把F逗生气，逗生气又不是不用管了，不怕F把他撂台上啊，次次得拿东北话哄，笨得让我心疼。

13楼：所以楼主不要无中生黑，人家俩关系好着呢，Q不爱肢体接触，还老能让F占个便宜，这不是悄悄纵容嘛。人家上台哄搭档来了，谁拿观众当人看。F也对Q也挺特殊的，传说他俩刚搭时候路子更野，Q女装跳舞把F吓得一把拎回来护着胸，可惜只有粉丝口口相传，还没找到流出来的视频。

14楼：>5L：早日裂穴，我哥值得更好的。

>6楼：现在相声业这么好混了吗，我想看企鹅怎么不去动物园?

>11楼：这是黑楼，事业粉滚开。

>12楼：就这还没看出他事业不精？您是企鹅的亲戚小龙虾吗，又聋又瞎?

13楼说的视频我有，要不是F反应快，Q就放飞自我了。

13楼：你说……

15楼：笑死，企鹅肉。

16楼：啊啊啊啊啊我找了好久都没有搜到这个片段，他俩的古早演出留存太少了，宝藏楼主！！！

170楼：哈哈哈哈哈哈尊重一下楼主好吗？楼主是认认真真黑Q的，结果被事业粉攻占这里要气死了吧，太惨了太惨了。（谢谢视频，收藏了）

180楼：新粉刚入坑，不懂就问，为啥这一组人气蛮高，在论坛里却没多少黑帖?

19 楼：因为没啥可黑的啊？真挺好的这两人。

……

304 楼：打卡，慕名而来，这就是那个事业粉包围毒唯的著名帖子吗?

305 楼：景点打卡 + 1，大家为了把楼主掰回事业大道太努力了，好像很多早期大神都炸出来了，把手里保存的视频和图都放了出来，连失传已久刚出道时青涩的照片都在这里收到了，谢谢楼主，爱您楼主。

306 楼:>305L:掰弯钢筋都掰不回我，还想让我夸他，别费力气了。Q 早期业务更不行了，节奏乱又容易紧张，都靠 F 在一旁救场，就这还敢吹业务?

307 楼：搞得楼主吃过见过一样，早期的演出现在只有几分钟的片段，片段能看出什么水平?

308 楼：>307L：烦死啦！只看这些片段我至于黑 Q 吗？完整的视频我有的是！

【2014 年会演 .AVI】

【2014 年表演 .AVI】

【社内聚餐 .GIF】

你们好好看看吧，Q 三十分钟时卡了几下，F 一个捧哏的把逗哏词儿都背了，就是怕他挂在台上了。别人家捧哏去撸串就我哥叼着根棒棒糖坐在一旁背本子，怎么了！我哥是来工作呢还是来养孩子呢?

309 楼：我天！我天！F 那会儿剃着寸头气场真的好足，好像 F 早期挺硬茬的，脾气也不太好，结果为了搭档咬着糖背本子，反差太大了吧，有点可爱。

310 楼：怀疑楼主在反向安利，我就来凑个热闹猝不及防被按到坑底，如果按几年前的标准来说他俩其实已经足够标新立异，此刻我从最开始复习已经有点神志不清，太宝藏了这一对。

311 楼：楼主说得对！太过分了！再发点，把 Q 锤得死死的，多发一点我们帮你锤！（乞讨）

看到这儿我明白了，这帖子异军突起的原因就是因为这扑朔迷离的走向。

这帖被拐成这样，孤军奋战的楼主还在坚持不懈骂每一个舞到眼前的事业粉，很多新粉考古无处可去，到这里钓鱼楼主就会愤怒地把失传的图或视频怼出来。

楼主对我跟搭档这几年的经历如数家珍，每件事都能精确到哪年哪月，某种意义上也算跟着我们一路走来的。

帖子已经被盖了几万楼，算是有关我俩帖子的最高楼，这用心程度我还有点感动。

我戳了戳搭档，问他："你看完了？有什么感想？"

搭档跟没骨头一样，刚刚被我从沙发上揪出来就靠着墙不好好站着，挺烦地"啧"了一声："我有什么想法啊我，等等要上台站着现在还不能坐会儿？"

他是真不在意，他一向随便别人爱说什么说什么，他觉得我行，那别人说不行就都是耳旁风。

这帖子对他还没丢了座儿的影响大。说着说着就要往我这儿倒，他可太懒了，宁愿被挤着也要坐，实在不行就要跟我挨在一起，充电一样蓄养精力。

本来我已经挺习惯这事儿的，但可能刚刚看了帖子，还处于业务被人质疑的震惊中，开始怀疑搭档是不是一直在台上还把我当初出茅庐的小孩处处照顾，下意识就抬手捉着他肩膀没让他近身。

搭档很少被我拒绝，眉毛顿时拧了起来，站直身体没什么表情看了我一眼。他平时总是神情柔软，尤其看我时眼里有盈盈笑意，被他这么冷脸一下我还挺不适应，打着哈哈把事圆了过去："我从外面进来还是一身汗，你也不嫌啊。"

说完扭头一看，二十来只大眼睛放着光芒看我俩互动。

队长"嘤"地翻出个帕子来佯装擦泪："你俩粉丝凝聚力也太厉害了，一个黑楼硬生生拐成了事业楼。"

另一个师哥崩溃捂脸："为什么我家有人过来黑，粉丝都是'哈哈哈叫你偷懒出去玩，被人找上门骂了吧，该啊'？"

有人接茬，心服口服道："你俩努力，粉丝也相信你们可以，怪不得这几年发展速度这么快呢。"

领导家孩子此时非常积极，掏出手机打开备忘录一跃而起："等等！我们家公司的事儿让我先采访！你俩有没有什么管理粉丝的秘籍，回头我给其他队发一份经验，争取今年吸粉再多两成！"

得，说相声的没一个靠谱的，没救了。

8769 楼：现在这个点还有人吗？有没有人一起考古隔壁楼那个神仙包袱？

8770 楼：你是说 F 偷摸发的那颗糖吗？ Q 吃瘪，笑死我了。

8771 楼：什么情况，我还在外面，有没有人给我文字转播一下？

8772 楼：>8771L：那会儿刚开场嘛，F 一直在整理桌子，Q 一个人说了五分钟发现 F 没理他，就耍脾气了：“你是被药死了吗，人家花钱来看你干家政了？哎呀我不要你配合了。”

F 这才说话：“对口相声嘛，两个人一起表演，我得辅助你，哈哈哈。”Q 东北直男式聊天：“我呀，不太需要哈哈哈。”人际导师 F：“你不太需要哈哈哈，你需要我呀。”

8773 楼：让 Q 震惊的邪包袱，我在教室里跟台下姐妹一样笑得眼泪狂飙，F 拿捏 Q 真的是轻轻松松，背景音里还能听到有个姐妹笑到把茶碗掉了，Q 立刻找到了台阶回头：“哎呀这边生气了，摔了我们公司的杯子吗？跟你说一下，这个剧场里边没有一个是真的，就你手里这个是清朝的。看见这里面的服务员了吗？他们以前都是摔了杯子的观众。”

哈哈哈哈哈哈绝了 Q 的现挂能力真的一流，F 在一旁好无奈，要不是怕被 F 骂，我真想爬进屏幕里掘他。

8774 楼：你们以为 F 能任由观众掘 Q？ F 简直当代偏心眼大师，观众起哄狠了眉头一拧就超凶指着台下：“闭嘴！让你们说了吗！听他说！”现在社里敢正面刚观众的有几个，还能让观众老老实实心服口服，F 就是觉得只能自己说 Q 不行。

我去小园子时候正好赶上一场，当时演出情节需要 Q 被大家嫌弃，

F 在他旁边看了一会儿，跟观众说："捧哏演员的作用就是说出观众想说的话，"又扭回头看 Q，"但是这么着吧，今天我叛逆一次，现在全场只有我一个人相信你啦。"

这对搭档真的太好了，特别有以前江湖风流义气，你放心往前走，身后永远有我。

8775 楼：楼上是不是去的某楼那一场？我也在现场，那次现场气氛巨好！尤其 F 还是中传播音出身，温声细语跟 Q 说话的时候，声音太好听了吧，北京人说话又懒又慢，每个字都跟裹足了蜜糖一样。

Q 有时候还捎带出几句东北调调，两个人混搭的风格简直乱拳打死老师傅，不想笑都不行，散场后很多老观众都觉得这对新人实力可以。

8776 楼：所以 Q 因为啥被黑都不能因为业务，他那会儿为了演出天南地北乱七八糟的都研究，说啥都懂一点，抛的很多都是文化包袱。除了黑粉姐姐放出的那几个刚上台时期的视频能看出他节奏有点乱，被观众搭茬就会紧张，后面成长速度真的很惊喜了，未来可期。

8777 楼：同上，Q 那会儿确实紧张，观众一搭茬眼睛就滴溜溜转着想怎么办，F 就在他旁边霸气护犊子。有次 Q 模仿小姑娘喊："FF 好帅！"有个坐 Q 这边的观众超大声："看不见！"Q 瞪大双眼："我……是不是我的这个角度阻碍你们俩的感情啦？"然后气呼呼抱着话筒架子往后挪，结果 F 看了一眼立马搬着桌子跟他挪到了后面。

哈哈哈哈哈哈 F 绝不允许 Q 抛下他单飞。

8778 楼：可恶！为什么这些都没有视频让我们新入坑的围观一下！

8779 楼：不怕死的话你可以艾特一下楼主，我总觉得她有。

8780 楼：附议，我也觉得。

8781 楼：我们事业粉已经到了需要靠着黑粉姐姐考古了吗？呜呜

呜卑微。

8782 楼：那个……这对搭档这么火，为什么古早视频没有几个啊？

8783 楼：火也就是这一两年时间才火起来的吧，之前他俩能被看到的机会不多。

8784 楼：啊，是啊，那会儿大家看的都是成角儿的，难得能碰上他们一场，也就没准备给他们录像。所以有的包袱出来以后大家都没反应过来，摸相机已经来不及了，他们能走到现在这个位置真挺不容易的。

8785 楼：老粉不请自来，我是在他们火之前关注的，可惜那会儿上学买不起相机，只能给大家口述一下。

Q 和 F 那会儿还是开场的节目，我也是买错票才去看的，结果一发不可收拾入了坑。Q 包袱又密又新潮，几乎五句话就要让人笑一次，F 捧得也好，句句不掉地上。他俩使的包袱不低俗，都是文化梗，比如 F 嫌弃 Q 就叫他“保尔”，因为“保尔可差劲了”——保尔·柯察金，看完整场我笑得脸都要僵掉了，当时就觉得他俩不管早晚，肯定能熬出头。

8786 楼：楼上说的是早年那会儿吧，Q 简直太拼命了，我连着一个礼拜看他演，同一个活每场演出都能把包袱翻新，模仿活灵活现又肯卖力气，F 在台上时候老是看他腰，我有次散场没打到车拖了一会儿，在后门那儿看到 F 是把 Q 扶出来的。Q 腰疼到站不直，脸色白得厉害，F 一边骂一边给他揉。

那会儿他俩就是又热血又惨兮兮，我真挺后悔当时没有过去跟他们表达一下喜欢，没多少人支撑着走到现在真的很辛苦吧，做得很好啊，Q 和 F。

8787 楼：既然老粉都出来了，那我也补充一下吧，那会儿专门奔着看他俩的人很少，他俩费力演完得到的反馈也少，别的粉丝去看他们角儿都带着各种礼物，他俩没有，还是笑嘻嘻跟大家玩，有时候台上空落落的看着心疼。

但是他俩也不是不在乎，我有一次赶上一个小姐姐送礼物，抱着好大一捧玫瑰去的，在台下踮着脚给他俩，他俩还不确定是给自己的。

F 弯腰去接的时候差点被玫瑰拽到台下去哈哈哈哈笑死我了，然后演出的时候两个人一直偷偷瞄自己的那一大捧玫瑰，演完就立刻抱走了生怕别人拿错哈哈哈哈哈哈。

8788 楼：天，这是炸出来多少大神，我们帖子真是宝藏啊！

8789 楼：>8787 楼：没记错的话送玫瑰的小姐姐是某太太吧？是我们的镇圈太太啊，当时圈里超冷，就是靠几个太太拍照拍视频做字幕宣传撑起来的热度，某太太出图的质量巨高，Q 跟 F 在散场后冲着观众笑得很温柔挥手告别那张神图就是某太太拍的。

8790 楼：不光某太太的图吧，还有另个太太做的字幕，每个偏门包袱都用心标注了讲解……

那会儿真是神仙打架，每一个姐姐都神通广大。

8791 楼：某太太的图太优质了，太太看着他俩的时候就像看星星，她是真的爱 Q 跟 F，她镜头下的他们永远是意气风发少年。

8792 楼：那个……新人悄咪咪问一下，为什么现在搜不到某太太了呀？

8793 楼：嗯……那是……是因为被网暴吧。

8794 楼：太太已经销号退圈了，走的时候说了下原因，因为爱得太投入所以没法接受别人的诋毁。

那时候Q和F刚有火的苗头，结果太太的图被营销号盗，发的文案被其他家粉丝强行拿走，去理论还要被嘲小演员有什么人权，用你们家的是看得上你们，再说就是有一句话意思差不多，那能叫抄吗？当时几千个人来骂啊，很多人跑去Q和F的微博闹事，太太害怕影响他们的发展就自己销号了，说自己虽然不会发图了，但是还会继续坐在台下默默关注并记录他们的成长。

真情实感地追是要遭报应的。

8795楼：是的，至理名言，真情实感地追星会遭报应的，放在哪个圈子里都适用。

8796楼：可是……我觉得在能爱的时候爱得那么用力，其实是很酷的。

8797楼：饭圈悖论了，谁追星不是真情实感，爱的时候就认真爱认真呐喊，我不怕报应，也不怕流泪，我永远永远不会后悔。

他们两个站在台上说相声，我就在台下鼓掌，我遇到他们的夏天依旧是生命中永不褪色的夏天。

8798楼：其实追星的美好不仅仅是他俩，还有因为他俩而聚集在一起的姐妹们。

又温柔又细腻的你们，又可爱又勇敢的你们，又浪漫又克制的你们，永永远远闪耀如星的你们。

8799楼：不要害怕，我们会隔着人海相拥。

8800楼：今晚太好哭了。

03

演完的时候我去后台换衣服，搭档拿着把折扇自己找了个地方窝着扇风，我犹豫了一会儿，问他：“今天演出你觉得有没有什么问题？”

“啊？”他呼啦一下转过头来，跟个小太阳花儿似的，对我的问题莫名其妙，“有什么问题啊，都磨过几百遍的活了，闭着眼都不能说错。”

“我是说，你有没有觉得我的包袱……不太顺？”我斟酌着不知道该怎么表达，“每次我被搭茬都会下意识卡一下，虽然现在几乎看不出来了但是这个毛病确实还有。然后你又上来救我，观众心思不在正活上，存了心招惹两下我就想听这些小插曲，演出效果就有点不太好。”

“你要说什么？”他扇子一抖，不轻不重敲我肩上，嫌我碎嘴子烦人。

我连忙把中心思想整理出来，问他：“要不咱俩以后台上你别每次都救我了？业务上我得再练练，不然观众笑得我心里发毛，你在旁边照应着我就好。”

然后我就看见搭档一点点把眉拧了起来：“你管人家乐嘛呢？你要是十全十美干吗不去说单口相声，还要我干吗？”

他这个北京小爷端的是自在如风的派头，从小在胡同串子里长大，脾性自由，向来做好自己的就懒得管别人怎么评价。

可是我不是。

我想得太多太深，心思又重，刚跟他搭上的时候因为焦虑还整夜整夜失眠。我搭档入行早，队长把我带到他跟前让搭伙时，我统共会使的活只有两个半。我好胜，不愿意让他觉得吃亏，背地里使的力气也大，一定要带他走出小园子，到更高更好的地方去看看。

“你说实话，是不是看了那个黑帖又多想了？”我搭档跟我毕竟是共享大脑，往常说两句话就能感知我的情绪，这次更是一点掩饰的余地都不给留，痛快撕下话中的留白。

我尴尬摸了摸头，心说奇怪，我跟他这么几年相处的时间比家人还久，怎么还会因为商量这个而紧张？要怎么说呢，你离我远点，你台上别老是不管自己就救我，你不要朝我温柔地笑，让你自己的粉丝觉得心疼好不好？

我能想到他的反应，眉毛挑起来不怎么高兴地看过来，还要损我几句自我意识过强，以为全天下的人坐台下都奔着别的来的。

可是怎么办？我知道继续得他庇佑的好处，不费力气就能获得好多喜欢，精力都能放在演出上。可我不能要，相声行业的热度潮涨潮落，趁着信息爆发时期涌来的爱意汹涌可消退却悄无声息。

有人奔着我们好看，有人奔着我们好玩，演完下台得到的反馈竟然是大褂颜色漂亮等等占据主流，这些爱太浅，被时间冲刷一下就会离开，唯有被质量极佳吸引而来才能长长久久。

演员要珍惜羽毛，要时时自省自警才能不被轻易裹挟进漩涡。

搭档见我不说话，低低叹了口气："你呀……"话说到最后却没音了，像颗小果一般又滑回了他的口中。

他纵容我，往常我说什么他都答应，脾气很好地支持我的一切决定，这次当然也一样，哪怕是我要把他推离。

果然他捏着扇子在指间绕了几圈，问："咱俩常使的那十几个活，可都得为了这个重新捋一遍。"

他答应了。

我连忙应到："我拿回家去改，先把这周要演的改好，之后再慢慢来，看看效果嘛，我又不是一定要这样，不合适咱接着按原来的演。"

到最后还得哄哄他。

“行吧。”他又接着打开扇子扇风了，哼着小调双腿搭在沙发扶手上，细细白白的两条腿线条流畅延伸，随着节奏轻轻晃动。

但是他又低声跟我说：“你就是太死心眼儿，老觉得别人都奔着要拿走你一部分，非得一物换一物才能安心。观众愿意坐下边儿听你包袱，总有频率没法对接的，哪儿能那么贪心啊，要人人都来爱，还只能爱你的业务。有人不喜欢正常，你不要老是觉得自己亏了我。”

## 04

26250 楼：急报！有没有人讲解一下 Q 和 F 最近是什么趋势？怎么突然间觉得有些生疏（？）倒也不是生疏，就是有些活跟之前不一样，节奏也变了。

26251 楼：我以为就我这么感觉呢，最近跟观众互动时候都是 Q 出面了，F 两手一甩什么都不管。

26252 楼：不光是跟观众的互动，以前 F 在桌子里都是看着他搭档傻乐，现在也不看了，除了正活里配合，其他时间要么看观众要么低着头在桌子上捣鼓下面给的玩具，视线交流也没了，感觉在赌气。

26253 楼：不会吧不会吧？这俩小朋友是不是吵架了？怎么这么幼稚呢？

26254 楼：我都能想到他俩吵架是啥样儿，Q：“你特别坏，就赖你就赖你！”F：“反弹！”Q：“反弹无效！”

26255 楼：F 应该不会因为“反弹无效”这种事儿跟 Q 生气吧？

26256 楼：>26255L：一般不会，除非 Q 没哄。

26257 楼：（捂脸）有画面了，拿什么拯救你，我的直男 Q，F 不给他台阶下他能头铁到一路爬到内蒙古。

26258 楼：吵架还好，我就害怕他俩是为了避嫌，毕竟他俩现在风头正劲，总有人凑过来说这说那，还有对家买职黑过来骂，Q 又心思深爱多想……

26259 楼：这倒也有可能，不知道为什么 Q 面对 F……说得不准确点，总给我一种大小姐“下嫁”穷小子的感觉？

26260 楼：形容太贴切了，他确实觉得他哥是下嫁，当初 F 资历比他强多少啊，Q 还是艺术系半路转过来的，跟从小在传习社学习的师哥们相比真是半点名气跟基础都没有，F 跟哪个搭不比跟他走的路轻松平坦呢？

F 愿意接受 Q 真的超级有勇气，没人知道 Q 会发展成什么样，搭档又都是一绑一辈子，F 觉得他行就破釜沉舟，培育一颗不知道结果的种子一样用心教他。所以 Q 到现在都觉得 F 跟了他有点委屈，就拼了命工作啊奋斗啊，老是忘记问问他哥怎么想的。

26261 楼：我记得有个采访，问他俩要是互换身体会干什么事，Q 几乎是不假思索回答：“换个搭档。”

26262 楼：怎么回事，怎么忽然有点虐虐的，我们不是监督事业的楼吗？

26263 楼：>26262 楼：你清醒一点！我们楼是著名黑帖啊，你是要把楼主气死吗哈哈哈哈哈哈？

26264 楼：哎，楼主现在应该很高兴吧，毕竟他俩感情出问题了，黑粉姐姐如愿以偿。

26265 楼：>26264 楼：我如什么愿以什么偿？他俩要出问题我就去批发鞭炮冲到北京二环燃烧庆祝。我都看到 F 偷偷看他，下意识要拉 Q 衣袖，结果伸出手犹豫了会儿又放下，百分百 Q 找碴了！还有 Q，闹矛盾就闹，说起劲了还要老样子嘴上勾一下 F，是不是欠？

26266 楼：不禁感慨楼主不愧是 F 妈，战斗力好凶悍，给我一种要把 Q 头拧下来的感觉。

26267 楼：啊？楼主说的我怎么没有看到过，小园子里节奏快我都要盯瞎了还是没有啊？

26268 楼：>26267 楼：当然没有，因为不在小园子里。[ 视频 .AVI] 你们自己去看，Q 完全没有看到 F 伸出又没有触碰的手，我彻底暴躁，这就是你们说的搭档默契？

26269 楼：啊啊啊啊啊啊我疯了！楼主是什么神仙竟然买到了票！这场票巨难买黄牛都不敢保证有！站子都没有进去几个人！还是这么前排，镜头好稳好清晰，Q 和 F 好靓仔，太好看了我猛掐人中对自己进行急救。

26270 楼：绝了，这个视角发出去要封神了吧，比专业站子都拍得好！呜呜呜神仙姐姐……

26271 楼：我本来忐忑好久了结果这么一看他俩根本没什么问题嘛，还是没头脑和不高兴，估计过两天就能化冰，我竟然靠着黑粉姐姐找回了小朋友和好的自信。

26272 楼：>26271 楼：我发出来为了让你看这个的？

26273 楼：>26271 楼：姐妹嘘，悄悄的，你骂一骂 Q，把楼主哄开心了能把剩下的片段骗出来。

26274 楼：>26273 楼：你也闭嘴！

26275 楼：黑粉姐姐暴躁也好可爱，虽然是 Q 黑但是完全讨厌不起来……

26276 楼：楼主撑起了 Q 和 F 的一片天吧，以一己之力盖了这座神楼吸粉，还召回那么多老粉，楼主拍的图也好精致修得好高级，虽然不敢外传但我存在手机里每天晚上欣赏十遍。

26277 楼：我也存了！太好看了太好看了我狂舔照片！说起来楼主虽然黑 Q，但是拍了双人照还是给 Q 用心修图了，楼主对自己认知也没那么精确，每次发视频是为了佐证两人关系不好却偏偏都是在给大家打强心剂，在黑粉姐姐这里追完楼，发现 Q 和 F 一步步能够走到这个高度，完全配得上得到的所有掌声和爱……

而且楼主大大小小演出去了那么多，从早期追到现在，真的是实力老粉了。

26278 楼：不是粉丝榜里有个投票吗——推荐动植物组里你认为的神仙太太。里面竟然有黑粉姐姐，而且被投到了榜一。

26279 楼：虽然不好意思但我要说……我投了黑粉姐姐。

26280 楼：>26279 楼：那个……我也……

26281 楼：原来大家都是啊，那我也要大声说出来，我也投了黑粉姐姐！

26282 楼：>26276 楼：你指定有点毛病。

>26278 楼：什么东西？？？

>26279>26280>26281 楼：给我立刻取消！

05

这种感觉太不对劲了。

我在台上刚模仿完小企鹅乞讨，热出一脑袋汗，顺手往桌子上扶了下，正好按到了折叠整齐的纸巾。我搭档在台上这些小细节上面细心得很，默契让我们不用说些什么就知道对方的需求。

可我今天看不懂他，他照例是一副懒骨头，站在我身旁把话递过来，把我需要的一切稳妥递过来，神情和语气都自然。但他不再像往常一样一错不错地盯着我了，反而专心地跟桌上的毛绒玩偶互动。我知道他还在为了我提的那件事生气，不愿意理我。

我扭头看他，只能看到他线条明晰的下颌线条和面对观众席似笑非笑的嘴角。他沉默的时候就会雾蒙蒙的，让人猜不透他在想些什么。

我台本子上没这么改啊?

只是让他不要寸步不离照顾我，留个口让我处理突发的状况。可我没让他不看我，更没让他对我像对个临时搭伙的师弟一样客气。

你干吗呀。

骤然从对脸相声变成单机模式，我好委屈。

观众接了句调侃，接得妙，把他成功逗笑了。他笑的时候下意识又要往我身上靠，按往常就要拉拉我衣服指一下方位，让我精妙怼回去。

可他这次手伸到一半又收回去，好像想起什么一样，很礼貌克制地把指头一根根拢回袖子里，小鸟归巢一样安安静静抚在桌上。

我虽然没有对着他，但他有什么动静都能第一时间知道，不光知道还能知道接着要干嘛，只用余光轻轻一带就对他的动态了如指掌。

他性格如此，走胡同串巷贫大的，遇事儿就本能地撒个娇玩个赖，腻乎乎地拎不起轻重。又特别认哏，给他安排什么破事儿都应下来，应下来还要帮我往回圆。但真要生气了就像个小孩子，抿着嘴不吭声，不愿意搭理人。

可他对我生气也是一副毛绒绒的样子，小动物一样不高兴地啪嗒啪嗒自己踩水玩儿，没多少威慑力。

这回搭档规规矩矩的，还是不自主想把我护着，然后立马身体紧绷着压下了下意识的举动。

台下的情况跟往常一样，观众并没有因为谁出面把话题拽回正活而有所改变，我虽然擅长模仿和现挂，但是处理这类情况依旧心里焦灼，实在比不上善于交际的搭档对人心的掌控，这事儿还是他来顺手。

他说得对，我好厉害的搭档在身边，凭什么不能护我。观众爱怎么就怎么吧，我管不了了。

演完下台后我本来照惯例等了等他，结果他揉着肩膀过来直接越过了我，跟后面的师弟热情洋溢打招呼。

我一把把他捞回来："干吗呀，这么大个我你当看不见……"

"欸？Q同学，克制自己的行为。"他手上的扇子戳在了我的肩膀，保持了一定的距离，慢吞吞继续往下说，"要想精进事业呀，台下也得注意别总靠着我，回头让别人传出去是师哥偏心给你开小灶，功劳都揽我身上，八张嘴你都说不清。"

"我说那个干吗呀，台下还这么多规矩……"我知道他存心气我，不用等拍照，现在我就说不清了，我只能再商量着来，知道他没消火呢，慢慢给他顺毛，"今儿到我家去？改的地方有些不顺，咱们再磨磨。"

他冷哼一声，故意扮相："把我当什么人啊你，门口那么多粉丝，让我当着她们的面儿往你车里钻，别人要怎么想我？她们要说我今天台上就捧了'嗯''啊''哦'几个字，回家还要压榨搭档接送，以为我对你多差劲呢。"

我冷汗都下来了："祖宗，别损我了，我给你道歉还不成吗？"

他这才笑了，春雨茸茸般表情渐渐开朗，问："不害怕别的了？"

我一咬牙："爱说就说吧，我哥觉得我行那我就行。"

他直到坐进我车里还是笑着的，心情很好地把车上他留的小靠枕翻出来塞到腰下面，驾轻就熟调音乐开空调，把自己安顿得舒舒服服就掏出手机来看微博。

我无奈，给他扔了包零食过去："路上还有段儿路要堵，你先吃点垫垫。"

他咬着小面包，含含糊糊给我读收到的私信："哥哥，我听不懂包袱的设计和结构，只能反馈你们今天好帅互动好甜的信息，当我说好帅好甜的时候，意思是：你们表演得特别好，我很喜欢。"

06

32097楼：这就是Q的黑楼吗？讨论一下Q和F的业务太差劲了吧，真不知道为什么有人喜欢他俩。

32098楼：楼上是披皮还是黑粉？走错地方了吧？不管怎么都拎过来枪毙五分钟，先崩后问。

32099楼：不会吧都这个时代了不会以为论坛加精的神帖是黑楼吧？

32100楼：不过刚来的人确实会因为标题有误解……

32101楼：楼主还在持之以恒地黑啊，大家不要忽视黑粉姐姐的努力好不好？

32102 楼：>32101 楼：哈哈哈哈哈哈抱歉抱歉，下意识就把黑粉姐姐当我们事业粉头子了，总觉得楼主拿着小鞭子在身后挥舞是为了让他更努力。

32103 楼：>32097 楼：用你喜欢？到我地盘这儿吠什么吠？

32104 楼：哇，黑粉姐姐怼回去了，威武霸气。

32105 楼：讲道理 Q 和 F 因为啥被黑我都没想到是因为业务，小黑你是认真的吗？

32106 楼：这么快就给人家起外号了，我们楼太魔性了。

32107 楼：废话，我闲得慌啊骂他们，抖的包袱莫名其妙还听起来那么费劲儿。

32108 楼：建议小黑检讨自己，我们爱听，谁管你爱不爱！

32109 楼：文化包袱演员不负责售后。

32110 楼：>32107 楼：此帖文盲与狗不得入内。

32111 楼：哈哈哈哈哈哈黑粉姐姐嘴好毒，我喜欢。

32112 楼：你们怎么还骂人？有没有教养？

32113 楼：小黑你急了你急了，这不是你先开骂的吗？你也是真狂，来听相声的地盘闹事，以前我追内娱好歹算个战神，你看我在这儿敢张口吗？

32114 楼：你还敢骂我社交际花？ F 一个电话就有四百个老爷们到你楼下打快板去！

32115 楼：Q 也骂不得啊，那个碎嘴子掏出个喇叭能搁你耳朵上：“春风吹战鼓擂，你看咱俩谁怕谁！”

32116 楼：这个帖不就是 Q 黑帖吗？凭什么楼主能骂我不能骂？

32117 楼：>32116 楼：要骂自己开帖去，给你脸了吧，在我这里叭叭的，当我脾气好呢？

32118 楼：破案了，在黑粉姐姐这儿只能她自己骂，护犊子水平满级，双标这个技能也是跟 F 学的吧？

32119 楼：F 妈不愧是 F 妈，有关 F 的一切都无条件拥护，即使是自己讨厌的 F 搭档。

32120 楼：>32119 楼：扯什么淡呢，谁要拥护 Q 啊，立刻撤回。

32121 楼：突然发现黑粉姐姐对我们事业粉比对黑粉温柔好多呀，当时真要是顺着楼主骂 Q 岂不是会被楼主摁在地上暴打？

32122 楼：呵，能力行不行大家心里都有数，那就祝 Q 和 F 像一楼说的那样糊穿地心。

32123 楼：>32122 楼：你有几个妈敢在我这儿这么野？你被烤得两面粘锅他俩都糊不了！

[ 系统提示：32122 楼已被楼主删除，用户已被楼主禁言。]

32124 楼：果然黑粉姐姐只是爱得深沉……（我不会也被拉黑禁言吧？）

32125 楼：黑粉姐姐好像对我们再生气也没删过贴。

32126 楼：通知：此楼只有我能骂 Q，你们都骂不到点上去，烦死。

32127 楼：一直不都是只有楼主在骂吗？

32128 楼：世界又恢复了平静，真好。

· 07 ·

后台又在聚会，队长把队里的迟到罚金拿出来，打包了炸鸡啤酒回来。

有人骂他抠："连个烧烤都没有。"

队长眉毛都不挑一下："有得吃就不错了，把你们带出去控制不住预算，吃超了没钱贴补，让老板开三轮在你身上碾十个来回偿债。"

相声演员把钱都拴肋叉子上，谁都甭想抠出来。我被他们逗得直乐，又被搭档揪了下衣角，他抱着一盒炸鸡和两罐酒，示意我跟他走。

我退出人群，跟他从上场门撩帘上了舞台。

小园子此刻休息，台下空荡荡的没有观众，他倒是自在，直接往台上一坐，铺了张纸开始拆解炸鸡："后边又吵又挤的闹死了，咱们就在这儿吃，注意着点啊别把渣掉到地上去。"

我无奈，还是坐到他身边："咱们不让舞台上吃东西，你忘了？"

他"诶呀"一下，又要撒娇了："我喜欢在这里，就破一次戒。"

他今天心情特别好，拆下一只最肥的鸡腿塞我手里，又专心对付剩下的，还在哼老派小调："伤不起真的伤不起，驮着唐三藏跟着仨！徒！弟！天上的星星不说话，地上的娃娃想妈妈——天上的星星……参北斗啊，风风火火闯九州啊！"

服了，一个捧哏的唱歌都要抖破包袱。

他哼完这些，也给自己拆出了鸡腿，特别豪气地把我一搂，拿着啤酒干杯，挥斥方遒指着台下空位，应景地接着唱："人生短短几个秋啊，不醉不罢休，东边我的美人儿，西边黄河流。"

我咂摸了一下："等等，谁是你的美人儿，你是不是占我便宜？"

他看着台下，喝了两口啤酒眼神就如云似雾，一个人傻乐，嘀嘀咕咕的："台下有观众，脚下有舞台，身边有搭档，还能有口饭吃。我什么都有了，江山和美人儿一个不缺，值啦。"

我笑了笑，也往台下看去。下面的椅子一排排码列整齐，在等待第二天到来的观众，可那上面的人气儿分明没散，恍惚间一波波笑声又传来。

有人在拍照，有人在鼓掌，有人哭着进场被逗笑，有人听着笑话却哭了。

人生百态，百态人生。

我跟搭档在这里站了好几年，迎来送往。我记得有人听急了把一碟花生米砸了上来，也记得有小姑娘小心翼翼踮脚，递上来一捧硕大的玫瑰，好红好漂亮的花，足够抵消许多委屈。

我跟搭档是第一次收到礼物，一路抱着花回去，没人嫌沉，珍之重之摆进他家的客房，拍了许多照片留念。接着两人又围着玫瑰合影，傻里傻气，都觉得仿佛看到了自己被祝福的未来，那会是很好很光明的未来。

后来客房也渐渐填充了其他东西，观众送的毛绒玩具、画、积木拼图、甚至还有锦旗，林林总总一大堆，自天南地北而来，汇集了好多好多的爱意。

我们走出了小园子，有了更大的舞台，走过很多地方，也去了国外演出，他站在我身边许多春秋，以后还要度过更多春秋。

这次终于坐到小园子小小的舞台上，脚下是已经老化的地板，每次演出都会踩出“嘎吱”动静，身侧是罩着红布的桌子，桌子也用得久了，散发着无法抹去的年代感。我熟悉这里的一切，用眼神丈量过每一个细微角落，也用手指抚摸过每一个老旧物件，心里渐渐稳妥下来。

这里是我们的起点，踩着圆口布鞋从出将口踏上来，大褂着身，醒目拍桌，扇子开合间说尽世间百态、嬉笑怒骂中演遍人情冷暖，潇洒快意至极。

以前总觉得自己一无所有，没想到这里已经拥有我们渴望的全部。

我知道他为什么笑了。

这是我们的黄金时代。

END

WISH YOU HAPPINESS

WISH YOU HAPPINESS
WISH YOU HAPPINESS

SNOW WISH YOU HAPPI

我不祝你
一帆风顺
但我希望你
乘风破浪

WISH YOU HAPPINESS

WISH YOU HAPPINESS

# 冬雪消融时

Snow

文/声几又香

怎么又想起那个人

大概是因为触景生情

毕竟曾经和他

携手并肩踏过北都的雪

WISH YOU HAPPINESS

WISH YOU HAPPINESS

SNOW

× × SNOW

# 冬雪消融时

文/声几又香

梦想是做一条可爱咸鱼，吹风晒太阳，每天都在为此而努力。微博 @ 钟意你 -y

▶▷ ▶01◀ ◁◀

又到了北城飘雪的季节，白天飘飘洒洒下了一整天的雪，到了傍晚才堪堪止住，饶是零下的气温，也抵挡不住粉丝的热情，他们举着横幅，穿着各家会服早早挤在红毯两旁，等待着和自家偶像见面。

X 的保姆车刚刚驶入会场，就有眼尖的粉丝开始躁动，少年在做下车前最后的准备，助理一丝不苟地抚平他西装上那么一两个微乎其微的褶皱。

X 一动也不动，白天工作排得实在太满，眼下他只想赶紧结束能回去睡一觉。他挺直着身子，闭着眼任由对方忙碌，直到脊背有些发酸，他才猛然想起如今这套衣服属于自己，不必担心归还的问题，随即像是抽了力气往后一摊，颇有几分那个人当年的随性样子。

怎么又想起那个人。

X 深吸一口气，脸上挂着标志的营业性微笑下车，吸进鼻子的风像是带着冰，整个人瞬间清醒。少年穿着 D 家早春新品限定西装，烦琐精致的花纹丝毫不显女相，反而衬得他愈发贵气。

X 早些年模特出身，身形本就带了先天优势，台步也是一等一的绝，那条户外红毯，硬是被走出了大秀开场的气势。

粉丝的欢呼声震耳欲聋，前方的礼仪正在微笑等待，“哥哥踏星而来”的话题已经爬上了热搜。可这些 X 都感受不到，他现下被冻得直想骂人。为了把自己塞进这套西装，X 已经魔鬼训练了大半个月，早就忘记碳水化合物是什么曼妙滋味。

本来就靠着最后一口气续命，这会儿的冷空气直接掐断了他最后一口气。

要是 Y 还在，他一定会在下车之前骂骂咧咧地给自己身上贴满暖宝宝，全然不顾助理的尖叫声。

毕竟那个时候太穷，他们的礼服只能靠借，弄坏一点都要赔钱。他还会从兜里摸出一个巧克力塞进自己嘴里，虽然这片刻的放纵只会换来加倍的训练。

怎么又想起那个人，大概是因为触景生情，毕竟曾经和他携手并肩踏过北城的雪。

X 好不容易走到签名处，回答了主持人几个无关痛痒的问题，然后配合着拍照，熬到下一个明星走到差不多的位置，他才被放进内场。

内场的温度也高不到哪里去，不过总归不会冷到让人跺脚，他坐在自己的位置上，绷直了身子得体地应付偶尔来搭话的人。

他如今的咖位已经不需要四处去卖脸赔笑，但也没有高到受所有人追捧。他很满意现在的状态，可公司不太满意，巴不得他能更上一层楼。

他已经学会如何阿谀奉承，不着痕迹地吹捧资方，却也不贬低自己。其实他一直充当着老好人的角色，只是这两年活得愈发圆滑没劲。

他今天不是来做陪跑，所以格外注意言行举止，这种颁奖典礼奖项花落谁家早有定论，因此那个毫不知情的惊喜表情就格外考验演技。倒不是说他被内定，毕竟这个奖是粉丝真金白银砸钱给他投出来的。想作弊的是另外一个竞争者，出道不到一年，背后有人力捧。小歌手想拿这个奖当跳板，联系好主办方做票，谁知道 X 的粉丝后援会太刚，直接公布打投流水，还做了专业模型分析数据。

几十年的口碑和一个小歌手，主办方当然不是傻子，选择明哲保身。

此刻小歌手站在 X 面前，阴阳怪气地恭喜他，临走之前还露出一个意味不明的笑，像是即将看好戏的笑。

X 知道今天会和 Y 相逢，毕竟娱乐圈就这么大，大家咖位又差不多，还够不上不上王不见王的修罗场程度，他们维持着陌生人的关系，哪怕出席同一场活动也绝不同框，更不会互动。

刚刚分道扬镳的那两年，粉丝还撕个你死我活，如今开始粉随正主，不给眼神，专注自家。只剩下卑微团粉，所有人都在往前走，徒留他们在原地一遍又一遍旧梦重温。

但是 X 并没有想到 Y 今天是作为颁奖嘉宾出席活动，距离上一次见面已经过去了快一年，X 坐在台下笑得礼貌客气，他像在场的每一个人一样，坦然大方地看着台上，挑不出一丁点儿错误。

Y 比上一次见面瘦了一些，配上一米九的大个子，瘦得有些脱相。不适合娱乐圈，适合去走 T 台。

两个人相识是在校园，那个时候还没想过会做明星，他们把所有热情都给了秀场。

## 02

台上主持人在调侃 Y 因为身高太高，以至于错失了出演名导电影的机会，其实圈内人都知道身高不贴合原著只是个借口，他分明是被截和。这个刻意的玩笑有些过分，像是被人蓄意安排要让他难堪。

在镜头扫不到的地方，X 握紧了拳头，一口气吊到嗓子眼，生怕 Y 做出什么出格的举动。

可 Y 收敛了脾气，整个人乖巧得像个弟弟，面对主持人的发难也能顺着话题自黑开开玩笑。

"天道好轮回，苍天饶过谁，当年走秀的时候天天炫耀自己的身高，现在只恨自己不能砍腿十厘米。不过说到底还是我自己能力不够，我很感谢秦导给我试镜的机会，希望电影上映的时候大家能多多支持，毕竟秦导说了，票房好的话第二部就请我客串。"

剩下的对话都是和奖项有关，Y 和主持人按照流程扔出一个又一个包袱，还 CUE 了几个话题相关的艺人，在这种看似其乐融融的氛围里，到了要公布奖项和候选人的时候。

Y 打开手里的流程卡，一瞬表情僵硬，不过他很快反应过来，恢复到刚刚那副兴致盎然的样子。

X 看出了他的不对劲，在紧张和无措的时候，Y 的眉毛会控制不住地小幅度抖动，这是他从小到大的习惯。

很快X知道了他在紧张什么，因为X从Y的口中听到了自己的名字。

X立马明白，流程被人换了，按照自己拿到的流程单，明明还要颁完五个奖项才能轮到自己。

他突然想起小歌手那个看笑话的笑容，后知后觉明白自己是被整了，连带着整了Y，小歌手锱铢必较，拼不过实力又咽不下这口气，非要整出点事情来恶心一下自己。

他开始坐立难安，还要努力维持云淡风轻的表情。

候选者的VCR好像放了一个世纪，又好像一秒就放完，他在恍惚间听到台上的Y说:“让我们恭喜DNA组合的X,获得年度最受欢迎歌手奖。”

X在这句简单的贺词里听出了沉稳、冷静、由衷的恭喜，和没有人能察觉的那一丝颤抖。他机械起身，脚步虚浮，绷直了身子防止身影晃动。这场颁奖典礼是直播，他如果不想面对腥风血雨，那么一丁点错误也不能犯。

从座位到礼台的距离不算长，Y站在台上，X一步一步走向他。

在过去的十年里，其实是Y无数次一步一步走向X。

X想起那年毕业走秀，他作为Y的特邀搭档，他们穿着相连的特制礼服，走到T台尽头，两个人在相拥的过程里撕开衣服，一分为二，而后奔向T台的两头。

那一场秀的主题是“抵死缠绵，最后告别”。

Y一直是一个很出格的人，做事随心所欲，不按常理出牌，比如原定的动作是两个人背对背退场，可是Y非要转身，非要在台下众人的尖叫声中看着X前行的背影，自己倒退离场。非要在喧嚣嘈杂的背景音里让那句话清晰的，分毫不差地传进X的耳朵。

他说："哥，你回头看看我行吗？"

X心想我要是回头了，你这个秀算是彻底毁了，这到底是什么头铁弟弟，还想不想要毕业证。

可是即将要退场的时候，确定众人的目光已经聚集在下一对身上的时候，X还是回了头，撞进Y直直看过来的眼睛里。那双委屈的眼睛在四目相交的那一瞬间迸发出狡黠的光，Y就像是个诡计得逞的小男孩。X总是没办法，他总是拿Y没办法。

明明叛逃的那个人是你，为什么没办法的人却是我。

X走到台上，主持人像是吃了炸药一样哪壶不开提哪壶地发难。她努力笑得温和，语气俏皮轻快，可说出来的话一句比一句让人难堪。X和Y明显能感受到主持人在强颜欢笑，整个人都有些发抖，他们明白真正想让他们难堪的另有其人，主持人说到底也不过是个被强压的可怜人。

"Y，你作为DNA组合的前团员，有什么想和X说的吗？"

"恭喜他取得今天的成就，其实不只是X，DNA剩下的两位队员也很优秀，大家都在各自的领域发光发热。据我所知他们目前在国外工作，因为行程问题无法赶到现场，但是他们为X录制了VCR，让我们来看大屏幕。"

在为X颁奖的时候，Y关掉了手里的麦，步骤很烦琐，要挂绶带，要递奖杯，还要送上祝福的拥抱。

所以Y有充足的时间说完那句话："别再看我了，既然看客们入戏这么深，那我就陪你演完这场名利场的闹剧。"

鬼使神差的，X忘记公司的规定，不去想后面的腥风血雨，那个做做样子的拥抱从相拥到结束不过三秒。

▶▷ ▶03◀ ◁◀

Y 表面波澜不惊，内心却像是被狠狠敲了一榔头，他死寂的身体瞬间有了反应，死灰复燃，燃到像是耗尽了余生的养料，噼里啪啦在这一刻灼烧起来。如果这里不是颁奖典礼的现场，如果这是四年前的任何一天，都好过当下。

Y 很难不想起过去。

他们刚刚出道，被公司送去集训，临行前去了一次游乐场，拍 Vlog 当粉丝福利。云霄飞车从最高点坠落的瞬间，Y 紧握住 X 的手，怕吗？其实是不怕的，只是时机太好，他不想错过。

在散场之前，Y 拉过 X，在他毫不知情的情况下闹过他。X 错愕，呆滞，并未躲避。晴空万里，光洒在少年身上，背后的游乐场变得虚幻，万物给他们做配景。

X 当作是兄弟间的玩闹，毕竟他们四个经常玩闹。两个人迅速恢复正常，接下来的事情就简单许多，Y 和主持人把主场交给 X，听他发表获奖感言。

X 感谢公司，感谢前辈，感谢队友，感谢一路走来陪伴的粉丝。他还提到了那段做练习生的经历。大屏幕上适时放起那些片段，得益于剪辑师强大的剪刀手技术，明明是浓墨重彩逃不过对方的人生，也能做出查无此人的精彩效果。

Y 像是一个不存在的人，缺席了 X 四年前和四年后的人生。

X并不是科班出身，他其实在模特界已经小有名气，走过大大小小国内国外的秀，后来带着一身伤病转战娱乐圈，Y跟着他从头再来，再一次并肩走过籍籍无名的夜。亦如当年苦练台步，这一次是彻夜练舞。他们实在是身高太高，年岁也渐长，错过了最佳的学习时机，没办法，没办法只能用最笨的方法，一次又一次的重复去弥补缺陷。X给Y踩跨，Y汗水和泪水齐流，嘴里溢出不着调的痛苦呻吟。

X只能别过头，脚下的力度却不能减轻半分。

签约的公司很小，一开始穷到大家住在郊区的民房里，那是最亲近的时光。

白天骑着共享单车上班，顺道在路口买个煎饼果子当早餐。团里的人拆开各自都闪闪发光，凑在一起穷得响叮当，不好好出道就要回去过锦衣玉食的小少爷生活。

多难熬的好时光。

这些时光在X的VCR里反复出现，可唯独没有他的身影。

终于走完了流程，两个人从舞台两侧退场，刚刚过去的那十几分钟像一场不真实的梦。X坐回位置，后续的流程他只是机械地拍手鼓掌。等到典礼结束，还有场晚宴要参加。

X偷偷松开西服内扣，少吃一点，只吃一点点，他这样宽慰着自己，从善如流地跟着引导员入座。

好巧不巧，X和Y隔着两桌的距离，不远不近，抬头就能看到。

Y旁边坐着一个年轻女演员，两个人不知道在聊什么，女演员止不住地捂嘴轻笑。X知道他们最近有合作，倒不是刻意关心，时刻注意对方的动态，只是偶尔在热搜上能看到对方的消息，尤其是在有什么新项目要宣推的时候，热搜就格外频繁。他们在新戏里演一对情侣，捆绑营销炒 CP 是惯用手段。

只是这一次有些不一样，Y 和女演员的 CP 感实在是不强，两个人之间粉红泡泡全无，倒是另辟蹊径炒起了保镖和女明星的奇怪搭档人设。

坐在 X 对面的人向他敬酒，X 端起酒杯和对方说着客气词，余光却不自觉瞥向不远处的那个人。

Y 在给女演员剥蟹，他手里拿着工具，借着巧劲举止优雅地拆卸蟹钳。

他以前也给自己剥过蟹，大家挤在出租屋里，做了极其丰盛的午餐。一群年轻人聚集在一起，吃饭像打仗，下手慢一点就只剩捡漏的份。偏偏 X 剥蟹水平实在太差，半只还没吃完，人家已经啃完一只在向下一只下手。Y 一边嘲笑他，一边粗暴地掰断蟹身，露出可以直接吃的肉，他把处理好的蟹递到 X 嘴边，X 没有一丝犹豫张嘴咬掉。

后来 X 再也没有吃过螃蟹，毕竟自己动手很麻烦。

同桌的人热情，抑或是带着想要交好的心思，从盘里取出肥美的蟹准备放进 X 的碗里，X 下意识拿筷子挡住拒绝，对方讪讪地收手，X 回过神赶紧解释："不好意思，我对螃蟹过敏。吃了浑身起红疹，还会反胃。"

## 04

X 真的对螃蟹过敏，毫无征兆、突如其来的过敏。是从哪一天开始的呢，大概是 Y 单方面宣布退团的那天吧。

他们熬过了小透明的练习生时光，参加选秀，上了节目，有了曝光。在那场只属于他们的发布会上，伴随着粉丝们的欢呼声主持人宣布：“恭喜 DNA 组合正式出道。”

彼时男团前景广阔一片蓝海，他们身上背负着万众期待。精致外貌，男模身材，他们还拥有最难能可贵的团魂。

第一场演唱会的盛况超出了所有人的预期，无数人为他们而来，观众席亮起一片又一片灯海，没抢到票的粉丝守着官微苦苦等待视频片段。

那天他们没有避嫌，久违的互动对唱，看向对方的眼神从容坚定，生命喜悲，有你才完美。

他们携手狂奔，奔赴锦绣前程。

谁也没想到那是他们第一场和最后一场演唱会，互动成为绝唱。

不久之后 Y 单方面宣布和公司解约，这个消息如同重磅炸弹，不仅炸了粉丝和公司一个措手不及，连带着 X 也不知所措。

无数询问蜂拥而至，想要从他这里窥探一二，他不可能不知情的，所有人都想当然以为他必须知情。一边是朝夕相处荣辱与共的兄弟挚友，一边是辛苦栽培自己的公司，没人比他更加两难。

说什么都是错，做什么都是错，在那场难堪的解约风波里，他被裹挟其中，左右为难。

X 想过无数种青春散场梦醒时分的场景，如果他们能火很久，可能是最后因为身体原因实在是唱不动跳不动，大家开一场告别会然后隐退。如果只能火一小段时间，那等到热闹散去，大家合伙做点别的，最好最好，能努力提升自己，业务能力强到可以跨界。无论是哪一种，X 从未料到是这样不得善终。

那天晚上 X 去那家常去的餐厅，叫了一整份大闸蟹，他独自一人坐在餐桌旁，机械地剥蟹吃蟹，剥蟹永远不得要领，指腹被蟹钳划伤，猩红血珠滴落，他只是潦草地用餐巾纸擦拭，接着重复剥蟹吃蟹的动作，手指触碰到调料，伤口撒盐般的刺痛终于让他放下手中的蟹。

随后就是一阵地转天旋的眩晕，X 觉得胃在翻滚，他捂着肚子冲进卫生间，五脏六腑皱成一团，像是要把腹中所有的东西都吐出来。他狼狈起身，在洗手池漱口，掬起一捧水泼到脸上，X 抬头看向镜子，水珠落下，夹杂着那么一两滴来自他眼角的液体。

他再也不要吃螃蟹了。

Y 给出的解约理由是公司规划和自身发展方向严重不匹配，双方无法达成共识。

X 从来没去想过真相到底是什么。

在所有镜头照不到的地方，Y 看向他的眼神永远如初见，带着热忱的天真，未曾被疲惫和算计沾染分毫。X 总是想起初遇的时候，他还只是一个不到一米七的孩子，傻乎乎地看着他，说出来的话也傻乎乎，“哥你腿真长，走秀真好看，我想和你一起。”

和你一起同行过一段，然后走向陌路。

晚宴结束已是深夜，X 走出会场，隆冬时节的夜里寒意刺骨，他穿着单薄的西装等待有点事情被耽搁的保姆车，X 走到背风的角落，一件厚实的外套突然被扔过来，外套主人十分恶趣味，劈头盖脸地兜了个满怀，压乱 X 精心打理的发型。

对方并未停留，连一秒的寒暄也没有，径直走过，走出笼罩住X的暗影，走向印着雪的前庭，灯影绰约，Y修长的身影逐渐远去，最后他上了车，从X的视线中消失。

明知不完美，你也是最般配的那一个，好遗憾，不能和你共赴下一场荣光。

我不祝你一帆风顺，但我希望你乘风破浪。

也许多年后往事再启封，还能坐下聊过往。

END

江东校草
WHAT IS THE TRUTH
WHAT IS THE TRUTH
欲望不容易满足
人总是有很多所求的

WHAT IS THE TRUTH
WHAT IS THE TRUTH
WHAT IS THE TRUTH
WHAT IS THE TRUTH
WHAT IS THE TRUTH
WHAT IS THE TRUTH
但宠物不一样
人世间的烦恼与他们都无关
· 文 WM 扶他柠檬茶 ·

# 江东校草

**文/扶他柠檬茶**

文/严肃的文字工作者。已出版《谁都不服就扶他》《谁都不服就扶他2》《云养汉》，更多趣闻关注微博@扶他柠檬茶，包治百病。

## 01

喜庆路 89 弄，周鱼。

杂货店小王子。

喜庆路 89 弄，孙草。

体重担当。

孙草出生的时候，因为瘦得像根草，姥姥心疼，说孙子像根草，那就叫孙草吧……

周鱼从小到大再没听说过比这更随便的起名方式，说孙草是湿垃圾里面捡来的他都信。结果草长莺飞，氮磷钾肥。孙草这根草，在喜庆路 89 弄里活得生机盎然，体型一路逆袭，从野草尖尖，向着霸王花一路狂奔。

江东小学三年级开学时，孙草进教室，发现自己横向体积刚好能卡死门框。

对于孙草的体积，孙家姥姥是有话说的。

她看孙子总和那个弄堂小杂货店的孩子小周混在一起，觉得肯定是小周给了什么零食，零食里面全是激素和味精，把孙子吃胖了。

但对外又说，看看那个杂货店的小子瘦得和麻秆一样，还是孙草白白胖胖有福相。

孙草的福报就是六年级时被学校发了儿童脂肪肝二级警告。

孙草跑下楼找周鱼玩。周鱼家门开着，电视里放着卡通片，周鱼蹲茶几边上做作业，写两笔看两眼电视。

周鱼："不行，你姥姥不许我跟你玩。她觉得我给你喂激素。"

孙草："那我上楼拿作业，我们一块儿做。"

周鱼写写作业看看电视，居然也不知道什么时候把卷子做完了。孙草看了两眼电视，三眼电视，四眼电视……

第二天早上提前去学校抄周鱼的作业。

初中时候两人还是一个初中同一个班，班主任严得吓人。鲁老师严查抄作业，抓到一次罚站一节课，抓到两次叫家长。

鲁老师早上六点半到班里坐着，进来一个就收一本作业。他还把筒子楼里的家长都叫去开了会，把家长们也拉入了打击抄作业的大军。

一时之间，家里也抄不了，路上因为会撞见上班里其他同学的家长也抄不了了，进了校门也没法抄。孙草觉得这日子没法过了。

周鱼："你自己做呗，有啥难的啊。"

周鱼脑子好，长得唇红齿白，人称"89弄小金童""杂货西施"。

孙草因为长得壮，打架捣蛋少不了他，挨打也少不了，经常被老孙拿衣架子抽着追出十条街。

为了不挨打，孙草想到个办法。七点半升旗仪式关校门，一般二十五分的时候，老师学生就都去了操场，教室里没人了，老师会在出门前把门锁上。

孙草要卡这五分钟的黄金时间，冲进校门，从班级的气窗翻进去，花三分钟抄完数学和英语作业，再翻出来冲去操场列队。周鱼觉得，这个计划从细节上没问题，但现实就是，孙草的体型翻不进气窗。

杂货西施总有祸国殃民的办法。

周鱼放了学，拉着孙草去炸里脊的摊子吃零食，孙草买单请客——孙爸是第一批下海做生意的，孙草家是万元户。

吃完炸里脊，周鱼擦了擦嘴："走吧，回学校。"

两人回了学校。高年级还在补课，但低年级的班级都没人了，门锁了。周鱼去了教务处，找了值班老师，说自己的作业本落在教室里了，想问老师借钥匙开门。看见是周鱼，老师很放心，整串钥匙都借给了他，嘱咐他开完门记得还回来，然后继续听收音机里头的《霸王别姬》。

周鱼把钥匙丢给孙草，让他用最快速度跑去校外小摊子上配钥匙，配完就回来。就这样，他们有了班级钥匙。从此孙草可以用黄金时间开锁进教室抄作业，免去后顾之忧。

严格来说，这个办法是在法律边缘的灰色区域疯狂大鹏展翅，左拐少管所，右拐派出所。

但在孙草眼里，周鱼就是天下第一的智慧儿童，修得好电视机，弄得到班级钥匙，还会心算一元二次方程。

因为初中长期爆发性快跑，孙草的体重在中考前降到了正常水平，体型开始了纵向发展。

孙草大概是作业抄多了，成绩上不去，但跑步又特别快，被老师推荐去学了体育。

那时候也不太讲究升学，读得上去就读，读不上去就家里找个活。

周鱼直接考进省实验，住宿制，要搬去省会的学校住读。孙草所在的体校有时候要去省体中心体育馆训练，坐大巴晃晃悠悠三个小时，把行李往运动员宿舍一丢，一个十米冲刺蹬着墙就从寝室区出去了，跑去实验中学找周鱼出来撸串。

周鱼和老师要了个半天假条，说老家的堂哥过来看自己。孙草这一年十五岁，一米七还在继续长个子，说是堂叔老师都能信。

两人晃出去找摊子。周鱼问："你能随便吃吗？运动员一般不都是有个食谱的？"

孙草："学生哪里管那么多。"

孙草埋头消灭牛肉串，抬头看看，周鱼在对面慢条斯理吃着钢丝肉。

孙草："你不饿？"

周鱼："不饿。月考，考得人都傻了，没胃口。"

周鱼的学校每天五点晨跑，五点半早读。七点第一节课，六点吃完饭了晚自习，九点晚自习结束。每个月都有月考，考完出排名，学生根据排名调动班级。周鱼的班级是甲级快班，比其他班多一倍的作业，都是冲击北清的尖子生。

能进这个班，一般来说光有努力是不够的，还要有悟性。所谓悟性，就是知道考试的本质是什么。很多几十岁的人都没办法看透事情的本质，但只要掌握这个技能，即是所谓的“悟了”。

考试的本质是思考路线的起始连接。拿到问题，知道对方想考什么，对方希望你怎么去思考，怎么去一层层把问题解开，一个大问题里面会套 2 个到 15 个不等的小问题，哪些先解开，哪些后解开，解开哪些才可以得到另外某些的解题数据……

这种纯粹逻辑的考验，即是“考试的本质”。

彻悟这个本质之后，就有资格碰触天才少年的起跑线了。然后就是单纯知识量的累积比拼——至少在高考的范畴里是这样。没有什么比应试更简单，它很纯粹，也很黑白分明，只有对和错，没有其他复杂而混沌的影响。

在应试阶段能达到“彻悟”级别的孩子，往往掌握了独立解析事件本质的能力。这就是为什么虽然理论上来说出身于哪个大学本科并不重要，但企业招工时都会或多或少看一眼本科院校的排名。能考进那些好学校的人，未必是多全能优秀的人才，但至少是个思维逻辑正常、可以独立思考的生物。

周鱼：“差不多就是这样，高考考纲里的东西已经学完了。”

孙草：“你们才高一啊？”

周鱼：“全国的重点都这样。”

孙草哦哦几声，只觉得不是人过的日子。他在寝室偷偷养了只金丝熊，好吃好喝养在抽屉里，用瓜子喂得圆滚滚的，感觉金丝熊活得都比周鱼滋润。——孙草给那只金丝熊起名叫公斤，期望它能长到一公斤。

02

一晃三年过去，孙草的人生并没有出乎众人意料的地方，长得浓眉大眼加上身体健康是他最大的卖点。孙爸做生意的进货方姓曹，两家经常一起吃饭。曹叔哈哈大笑拍着孙草的背，对嘛儿子就该这样高高大大的才好！曹叔有一堆娃，但都是多愁善感读书流，还喜欢写酸诗。据说大儿子有次吃葡萄酸到了，哭着写了十张纸的怨妇小说。

孙草肯定不会真的在体校训练当运动员，当时练田径，主要是图可以不用读书。以后做什么？做生意呗，反正家里有生意……

孙爸觉得不行吧，好歹出国混个本科。这几年刚开始流行出国留学，学费大概一两百万，贵得吓人。

孙草确定出去留学的那天，周鱼的录取通知书也下来了，轻松跃龙门。邻居家的孩子都是大家看着长大的，于是几家人一起吃了饭。周家爸妈肯定是众星捧月的存在，“呀怎么养的这儿子这么好”“又俊又聪明还弹得一手好钢琴一点不要爹妈操心的”……

至于孙草那边，就是“出去别惹事别惹事别惹事”……

曹叔的大儿子也要去留学，英文名叫皮特。大儿子是和朋友一起去的，朋友是他在国际学校的同班同学，叫马毅。

马毅一脸“我受不了他了”的样子，天天往孙草的寝室跑：“让我躲两天，那家伙又在听民谣，听古风，听酸唧唧的歌，还自己写诗念出来，我受不了了这简直是羞耻 PLAY。”

90 年初期这批自费出来的留学生，大多是商人家庭的孩子，那时候对于他们的家庭有个贬义称呼——暴发户。非商人家庭的也有，那就是不可言说的背景了。

在那时的人眼里，未来的出路是一团乱流，就像一片巨浪压下来，谁也不知道自己会被卷进哪一股水流。皮特毕业后打算子承父业，让马毅去自家公司；孙草也一样，他发现自己对做生意那套挺感兴趣的。

回国后就去拉周鱼一起干，周鱼脑子好。

孙草想得很美，直到假期回国，别人告诉他，周鱼今年不回来，被导师留下了。那时已经有导师下水淘学生了，导师也叫“老板”，找的学生越优秀，组里实力就强，就更容易拉到好项目，说不准能一步登天。

周鱼的导师拉到了一个芯片开发项目，投资额五百万。那时候五百万的项目和二十年后的百万级项目不是一个量级的，整个院系都要把周鱼导师的办公室给供起来了。

孙草买了张机票，飞去 B 市找周鱼。

冬天，快圣诞了。商城玻璃橱窗上贴着艳丽又粗糙的招贴画，马路上来来往往的人顶着雪花，把自己裹成个球。

周鱼在公交车站旁边的羊汤店等着，看着瘦了，穿着件很大的棉服，镜片上全是冰花。

“北方不养人啊。”孙草说，“这边有啥好吃的？你指路我买单。”

周鱼：“什么都没。”

孙草：“不是说皇城根小吃特有名吗？”

周鱼：“北方小吃是顶饱的，不是点心。”

孙草不信，根据旅游手册，拉着他去护国寺点了一堆名小吃，什么豌豆黄驴打滚炒肝焦圈豆汁。周鱼只看着他，不吃。

孙草吃了一口，就知道他为什么不吃了。

两人换了个地方，去了炸鸡店。炸鸡店外头在排队，从街头排到结尾。平时周鱼是吃不起的，但是孙草买单，一份卖二十，买了两份四十。抱着一大包炸鸡出来的时候，满条街都是小孩子欣羡的眼神。

两人回宾馆啃炸鸡。周鱼问起“公斤”。

“早死了。”孙草说，“又活不了几年。我出国第二个月就死了。”

孙草喜欢养宠物，琢磨着养条狼狗。

“别养啊。”周鱼说，“狗啊猫啊顶多十几年吧，养出感情了，等送终就难受了。”

“养乌龟？养仙人掌？”孙草胡思乱想，“要不我养你，都是人，寿命差不多。”

周鱼：“我不用你养。”

孙草：“说真的，以后我管生意，你帮我一同打天下吧。”

周鱼：“我要读书。”

几年后毕业，周鱼读研，好像读书时候顺带研发出一个挺厉害的东西，几家大企业来抢人。周鱼打算读完研就从里面选一家。结果研究生毕业后，他回了老家。

孙草家的门铃有天响了，保姆拉开门，发现是周鱼在外面拖着个行李箱。

周鱼：“我回来了，你这边还招不招人？”

03

周鱼的导师，死了。

研究造假，被人揭发了，自己预感到身败名裂，某夜从楼上跳了下去。几个学生的学业不受影响，但前途肯定受影响。

也不是没企业要他，但履历上有黑历史总归不好。周鱼想了一个礼拜，咬咬牙，买了回家的火车票。

跟孙草打天下去。

然而孙草家门一拉开，一条大黑背蹿出来，把周鱼给咬了。天下还没开始打，先打了狂犬疫苗。

孙家早就不在喜庆路 89 弄的筒子楼里了，现在在市区的别墅。房子整体风格端庄中透着一丝淘气，花园大鱼池子里全是大红锦鲤，鱼池边上，丹麦大胸美人鱼睡在垒满金元宝的五彩喷泉中央黯然神伤，看一眼就觉得这是独属于孙家的气质。

周鱼每周要去打一针疫苗，肌肉针打小腿，疼得他嗷嗷叫。

孙草开车接送他去医院："你好歹也是弹钢琴的，这身体素质怎么回事连条狗都打不过……"

周鱼："我是弹钢琴又不是搬钢琴！"

周鱼的钢琴，不是为了艺术特长加分去练的，是真的牛。孙草没别的词形容，反正就是牛。

周鱼还跟着乐团参加过全国巡演，乐团乔经理有两个女儿，一度被人猜到底会不会成就一段佳话。

孙家从倒卖港台磁带和录像带开始，做到了倒卖录像机。后来甚至有了自己的组装作坊，录像带、VCD 两条流水线。

“现在是 DVD 了。”周鱼说，“这种科技的风头变化非常快，而且这个型号的 DVD 光碟与机子都做不久，你们只是组装机子，赚差价，这个钱是赚不了几年的。”

孙草说：“美国现在也是 DVD。”

周鱼：“很快就不是了。无载体的直接下载才会是主流。你信我，拨号上网的信息传送速度和真正的网线完全不是一个级别的。”

前面是红灯，孙草听得走了神，直接闯了过去。闯都闯了，就这么开吧。

孙草：“你继续说。如果无载体，我们做什么？电脑？我觉得中国的家用电脑普及速度会很快的，说不定能做电脑的硬件……”

周鱼：“可以做，但你想远一点。有了电脑，网速肯定就会上去，说不定几十年之后两百兆的传送速度家家户户都……”

两百兆的网速？这人是疫苗副作用发作了？孙草不安地瞥了眼他，看他脸色正常，不像是神志不清。两百兆的网速，那得是蟒蛇一样粗的网线吗……

周鱼说：“要做就做服务器。因为到以后，谁都会要用到服务器。”

有服务器，就要有数据传输和数据读取，数据安全和数据保密。每一项拎出来，都会是将来的巨头科技。

前面是绿灯，孙草一脚踩死刹车，手排挡车子熄火了。他回头摸了摸周鱼的额头，温度很正常。

孙草：“……你说真的？”

周鱼：“真的。”

孙草："那是两条完全不同的线。技术我不懂，但工厂流水线的事情我懂。"

周鱼："把 VCD 和录像带机子的线全都停了，全部钱都拿去转做 DVD 机子的流水线。做五年，钱应该够了。这五年里，你替我组人，我们来做服务器相关。"

八字没一撇的事，周鱼说得很轻松，好像未来一定会按照他说的这样走。

孙草突然想起来那个夏天，他想的是怎么哼唧哼唧翻过教室的气窗，周鱼想的是怎么正大光明搞到钥匙，从此轻松进出。

时间一晃十年过去。江东小学已经搬迁了，旧址成了江东科技的办公楼。

人人都知道，孙总身边有个发小周总，他们一个管生意一个管技术，把公司从播放器小作坊带到了这个地步。

本地的孩子觉得最好的出路就是进江东科技，钱多事少离家近，有时候还会在大半夜看见周鱼的车呼啸而过，去某处把喝得烂醉的孙草拖回去。

没办法，孙总管生意的，应酬少不掉。

周鱼车里一般放的就是肖邦。孙草烂醉如泥，还能把手伸到车载媒体上乱摸："什么玩意儿，关掉关掉……"

车里酒味太重了，周鱼把车停路边，点了支烟，把主驾驶座的门打开通风。孙草有助理，而且是一堆助理，都是肤白腿长大波浪的美女。这家伙对女性的审美倾向简单到令人觉得可怜。

饭局肯定有助理跟着，但周总说了，如果孙总喝醉了就必须通知他，鬼知道一个醉汉能搞多大破坏。

孙草闻见烟味，也凑过来要抽两口，和八爪鱼一样缠在他身上。周鱼没办法，摸索银烟盒和打火机，结果被这个人从后面缠着，束手束脚半天摸不到。

“你就先这样抽吧。”他把自己嘴里的烟塞进对方嘴里，将人推回后座。之后再摸到口袋里的烟盒，给自己点了一支。

孙草不要回家，要去女朋友家里。周鱼一头黑线：“哪个女朋友？你现在交往的这个住哪儿？”

孙草记不清也讲不清。上一个好像是住西城区的，这个似乎住在东边万象城，但是两个月前交往的人了，不知道现在有没有换。

周鱼回去摸他手机，孙草用的智能设备都是他安排的，密码都不会换。打开手机看了眼短信，果然换了新人。

04

周鱼开车开到对方家楼下，刚要把人踢下车，孙草酒醒了点：“这是哪儿？”

周鱼：“你女朋友家门口。”

孙草：“哪个女朋友？”

周鱼：“不知道，你下车。”

孙草：“那你去哪儿啊？”

周鱼：“回办公室，今晚要带人通宵做卫星协议。做标书的办公室是你那边管着的，六月之前要交一版。”

但他看孙草现在眼迷离的样子，大概说了也不会记得。

没有周鱼，江东科技早垮了；没有孙草，估计江东科技永远就是这个小破城里面的一家小科技公司。

现在全国都有江东科技的大楼了，周鱼起初还起名字，后来楼建太多，就叫一号楼二号楼算了。

孙草不记得自己说要去女友家了，要跟周鱼跑。周总的办公室虽然叫办公室，但实际是市中心一套十八层高的研究所。

这是三年前孙总送给周总的，在公司年会上宣布的，还说十八层楼的含义是祝周总永远十八岁。

公司里的小朋友聊天，叽叽喳喳说“周总几岁啊看着好年轻”“你屁话啦周总永远十八岁”。

周鱼过生日也是，早上拉开办公室的门，里面的员工一起祝他十八岁生日快乐，气得周总差点从十八层楼往下跳。

楼里有办公室有休息室，还有健身房、泳池和餐厅。周鱼上楼开通宵会，把孙草丢进自己的休息室里：“衣柜里都是能换的衣服，别吐地毯上。”

开会开到一半，助理来汇报：“周总，孙总吐你地毯上了。”

喝醉的人睡断片了，过了一周，晚上来找周鱼看进度，进休息室头一句话：“哎你这屋里地毯怎么又换了？”

有人给周鱼介绍对象。孙草身边女孩子一群，周鱼倒是从来没谈过恋爱。

周鱼说不了，自己抽烟。

抽烟算什么，和周总的整体条件比起来，抽烟根本不能算缺点。

周总长得很白净秀气。那年流行一部香港黑帮片，里面的黑帮军师就是这个气质，永远西装笔挺，戴着金丝边眼镜，好像个大学教授。

孙草："你看咱俩像不像那电影里头的黑帮老大和军师？"

周鱼："有点像。那两人最后结局咋样？"

孙草："乱枪击毙啊，还能咋样。"

某次项目会开完，周鱼难得没事，早点出了办公室。

虽然事情可以交给其他人，自己去海岛度假度一年都没事，但周鱼不喜欢那种度假方式。很多人觉得有钱人的夏天就是海滩别墅比基尼，但有钱人也不是同一个模板印出来的。

周鱼休息时候就喜欢看看书，看看电影，弹弹琴。钢琴和房子是他支出的大头，他在自己家里建了个奥地利式演奏厅，并坚定否决了孙草想在厅顶装一排七彩闪灯的提议。

孙草觉得，那坐里头弹琴多没意思。

周鱼今天早下班，家里安排了相亲，好说歹说他才答应去见一面。

两人约在龙之梦一楼的咖啡吧里见了面，客客气气说了会儿话。对方估计也看出他没那意思，彼此换了联系方式说有空再见。

聊了一个小时，晚饭还没吃。周鱼走出酒店，一辆火红镭射跑车刷地停在他面前，一看就知道是哪个狗大户的。

孙草来接他，说去同学会。

孙草："初中同学会，他们说叫你的，没联络上你。"

周鱼最近忙，没空看私人消息。

孙草嘿嘿笑："同学会消息没看见，和姑娘吃饭倒是记得？"

周鱼："没有发展可能，就是相亲见一次。"

孙草："那你想和啥样的发展？告诉哥，哥给你介绍。"

周鱼："估计和你喜欢的不太一样。"

孙草："我喜欢漂亮的，性格好的。难道你喜欢丑的，脾气炸的？"

周鱼笑笑，没说话。

同学会虽然说是 AA 制，但最后还是孙总请客。满桌同学老师，看起来身体都不错。

已经有同学结婚生子了，孩子都能打酱油了。有挺多把孩子带上的，七八个孩子绕着桌子疯跑。

那年韩流偶像第一次冲击内娱，影响力简直等于一场海啸。桌边的人虽然也不是追星的年纪了，但也有两个时髦的女同学凑在一起讨论。

女同学看看孙草和周鱼，可能是真心的，也可能只是拍马屁，说两人放一起就和那种二人组合一样，一个负责 RAP 一个负责唱，再加上周鱼弹得一手好琴，这个组合推出去一定很吃香。

孙草哈哈笑，说自己和周鱼出道就叫"校草组合"。

初中时候他还是个胖子，但名字里带个草，而周鱼从小到大都是校草。

大家起哄，祝"校草组合"这个二人男团在酒桌上成立。

孙草跟着举杯，一口闷了一杯红酒。

坐旁边的八卦男问："周鱼你还是没女朋友啊？你这条件不难找啊。"

孙草："你别看他一本正经，来这之前在和姑娘吃饭呢！"

周鱼："就是相亲见一面……"

周鱼懒得解释了，低头喝汤。女同学看看他："周鱼我觉得你从小到大都挺没安全感的，其实组个家庭会好。"

这个年份，大多数人还是到了年龄就结婚的，觉得有家庭就有了根本，然后就是有孩子，好像很少有人会一头撞去另一条孤老终生的路。归根到底另一个原因是，小城市房价与教育支出还没起飞，组家庭成本比较低。

大家纷纷劝周鱼找一个："周鱼你是转学来的呀？二年级时候对吧？对对对，那个杂货店就是你爸来的那年盘下来的……"

后来去省会城市住读，因为妈妈工作调动，家里又搬走了。

孩子总是在一个变动的环境里，确实会没有安全感。但孙草出现了，周鱼不管去哪里，是在家里做作业、在小卖部做作业、在省重点住读、在 B 市读大学，孙草都会雷打不动地出现。

想到孙草，他会稍稍安心下来。但孙草会结婚的，虽然现在花天酒地风流着，总有一天也会结婚，有小家，和老婆孩子过日子，喝醉了吐在自家的地毯上。

吃完饭，两人往家里走。孙草觉得自己又胖了，要多走走减肥。

走着走着，路过一个烧烤摊子。孙草觉得走久了肚子饿，还是补充点热量吧。照样四十串牛羊肉，加二十串钢丝小肉。他埋头吃，周鱼坐在对面偶尔吃一口。

和学生时代一样。

晚风轻轻吹着，夏末秋初，不冷也不热。周鱼忽然有点难过，这种难过是许多时间的积压、过滤、按捺……凝结而成的，无可避免。

“怎么了？”孙草看他表情不好，“又想工作了？别想了，我都说了，你尽管休息，想放假就去，我们在土耳其那边的蓝海别墅每年都可以……”

周鱼：“我没事。”

孙草：“你别没事没事，到底有什么心事，说出来。哥在，啥事解决不了？”

周鱼：“我没事。”

孙草：“是我解决不了的事？”

周鱼：“你解决不了的事。”

孙草起初不吭声，心想肯定是大事，后来又抬头：“我解决不了，那咱俩合力能解决吗？”

周鱼愣了愣，扑哧笑出声来：“算了算了，我就是难得喝了点酒，算了。”

孙草：“你是不是有喜欢的人追不到啊？我一直有这种感觉。”

周鱼看着面前钢盘里的铁串，让老板加了点肉串，低头吃着。

孙草：“你眼睛红了。”

周鱼：“烧烤太辣了，熏的。”

## 95

两个人从烧烤摊起来，旁边马路上有个小贩骑着三轮车卖宠物。

很常见的那种宠物贩子，卖点小仓鼠啊、小兔子啊、小鸡小鸭啊，一般都是在学校边上。

孙草看见笼子角落里的一只金丝熊："哎你看它像不像公斤？"

孙草："这只多少钱啊？"

小贩说十五块钱。

现在不流行金丝熊了，都要养仓鼠。

两人抱着笼子往回走。孙草买了一对，想让金丝熊子子孙孙无穷尽也。孙草回去给弄了个三层的宠物别墅笼养着，养了一年它们都没下崽，就把它们送去宠物店治疗不孕不育，结果老板说这两只都是公的啊。

孙草伤心，要送一只给周鱼养。周鱼淡淡说："何必啊，它们也都一起住一年了，把它们拆开干什么啊。

"人不一定一辈子在一起，况且金丝熊就活这么几年，它们感情那么好，何必分开呢。"

人总是有很多所求的，求财啊，求色啊，求权力地位啊……有时候想想，宠物过得可真的开心，吃饱了睡，睡饱了吃，人世间的烦恼都与它们无关。

周鱼今晚吃得很饱，回去吐了，一进门就吐，把地毯弄脏了。他在门口坐了一会儿，给孙草发了消息："你在哪？现在方便吗？"

孙草："我去女朋友家了，急事？"

周鱼看着屏幕，看了很久，最后说："没事，不急。"

周鱼："明天说。没什么事。"

孙草并没有活到长命百岁，横死了。

有天早晨孙草从别墅车库里开车出来，两个小年轻拦住车，指指他车轮。孙草以为自己车轮压到东西了，开车门打算下来看。

再被人发现的时候，车是从湖里打捞起来的，孙草躺在后座下面，身上有几个致命刀口。

仇杀嘛，很好定性的。生意做太大了，难免会挡别人的路。查到最后，就是某个生意上有矛盾的老板买凶。

之前坊间传得沸沸扬扬说是情杀，说要多香艳有多香艳。

周鱼去孙家帮忙善后，孙草的弟弟也长大了，可以接管事情。孙家父母很早就没了，其他亲戚都是表面情深，想索性把公司卖了，自己过来分钱。周鱼说公司不变卖，弟弟由自己带着，以后弟弟接手哥哥的工作。

周鱼这样得罪了很多人，也引起很多风言风语，说什么他觊觎孙草留下的东西。周鱼没要孙草留下的其他东西，只要了那笼金丝熊。

弟弟帮忙把养金丝熊的东西抱到周鱼车上，乱七八糟的，什么木屑啊沙浴盆啊磨齿棒啊……

弟弟还把旧笼子也翻出来了，孙草居然还留着“公斤”的笼子。笼子早锈了，铁丝上的白油漆都剥落了，里面一层厚厚的灰。

周鱼开车回去，路上没声没息哭了一场，停了一会儿，又落了眼泪。也不是痛哭，就是开车开着开着，眼睛里不受控制落出眼泪来。

车后座有哐当哐当地声音，他以为是东西掉了，趁着红灯回头看。

声音是旧笼子里传来的，厚厚的灰下，埋着一把铜锈钥匙，是当年他们忽悠来的教室钥匙。

周鱼回去，把金丝熊搬到书房里，再把钥匙装进个信封，打电话叫来同城快递，把钥匙寄给了鲁老师。两只金丝熊圆滚滚窝在一起，依偎在木屑下面睡觉，周鱼点了支烟靠在旁边，看它们看了很久。

END

# 祝你今天好天气∞

文///////瑞迟

Courage is the only

勇敢就是唯一的回应

0101

GOOD WEATHER

GOOD WEATHER GOOD WEATHER GOOD WEATHER

# GOOD WEATHER

GOOD WEATHER

esponse

GOOD WEATHER GOOD WEATHER

GOOD WEATHER

# 祝你今天好天气

01

X 的名字一出现在参赛学员名单中就立马登上了热搜，一些娱乐大号紧接着转发并打出“人气学员”“热门 C 位”等相关话题。

谁叫 X 无论是从形象还是能力上，都是最适合女团的人呢。

X 年少的时候也参加过一些选秀，那时候的她很倔强，但也爱哭，圆脸圆眼睛，冲镜头一笑，满是遮不住的娇憨稚嫩。

几年过去，X 五官长开了，人也瘦多了。长腿细腰大波浪，再配上最精致的眼妆最冷艳的口红，拥有标准女团颜的 X 只要往台上一站，不用挑眉眨眼不用勾唇笑，一大波目光就紧紧贴上来挪也挪不开了。

当然 X 绝不是个花瓶，她的实力与她的外形同样出挑。

八年的练习，X 早已能游刃有余地掌握每一个舞蹈动作，能精准地抓住每一个镜头，台上的每一个表情，甚至每一根头发丝都被精心设计过的一样完美。

毫无悬念的，节目里 X 在初评级时顺利拿下了首 A。

瞬间，选手席里欢呼声掌声响成一片，镜头也全切了过来，丝毫

**文/瑞迟**

一个养多肉比写文章更厉害的二八青壮年，大力且有脑，穷困还潦倒，人甜巨招蚊，热血化甜文。

不放过 X 脸上的每一分喜悦。众目睽睽下，X 抬眼看向选手席，正和某人的目光在空中相撞。

只需一眼，两人便看懂了彼此的眼神。

——做得好。

——当然。

——下面看你的了，Y。

Y 其实比 X 还小一岁，但大家都喜欢叫她一声老师。因为她话虽不多，但总能照顾到每个人，平时见她最多的时候不是在帮队员抠动作就是在教她们练歌。

——她是我见过最外刚内柔、腼腆、善良的人。

X 曾经这样评价她的。

忘了说，X 和 Y 曾经是队友，一起出道过的那种。

若说 X 的妩媚冷艳是最适合女团气质的风格，那么 Y 的风格便是最不适合的那一挂了，所以这条路对于 Y 来说并不好走。

Y 的长相偏英气，高鼻薄唇，利落短发，清冷妆容，外加排闪着细光的耳钉。她什么也不用做，只要往台上一站，和 X 一样，Y 总能吸引一大票粉丝，只不过里头喊得最凶的是迷妹。

但当时外界的声音里，质疑声远大过支持。

很多人只注意到这个女生留着短发、戴耳钉、不穿裙子，却从来看不到她的实力。Y 不是善于言辞的人，她能做的只是在练习室里一遍又一遍拼了命地练习。

那些耀眼灯光下的日日夜夜，巨大落地镜里的人就这样不知疲倦地跳着，比起早已被汗水浸湿的发梢衣襟，更引人注目的是她脸上的坚定和倔强。

就是在那一刻，X 忽然明白，Y 不是在逃避，这就是她的回应。她要让那些质疑她的人看到她的实力，她要他们永远记住她的实力。

——勇敢就是唯一的回应。

所以，哪怕最后曾经的团队面临解散，哪怕之后参加的大大小小的比赛结果都不尽人意，Y 还一直义无反顾顶着舆论风暴向前行进着，因为她身后有份浇不灭的名叫“勇敢”的烛火在为她驱散黑暗、照亮前路。

“I am the real deal now you had better listen up！”

此时舞台上的 Y 气场全开，台下的气氛更是全部被点燃，选手们尖叫连连，而挥舞着手臂的 X 则是其中最嗨的那个！

“啊啊啊！大魔王来炸场子了！”

“完了！我要被她迷死了！”

“天呐！太燃了吧！”

耳边的惊叫不绝于耳，X 眼睛早已笑弯成月牙。

那当然，这可是 Y！

她所认识的 Y 绝对绝对是全场最亮眼的那个！

## 02

攒够了期待和话题的节目一播出就掀起了全民热潮，“pick 你最喜欢的小姐姐”“妹妹们走花路吧”等话题轮番上热搜。

短短几周，那些揣着梦想来到这儿的女生们，有的牢牢抓住每个机会，靠出色实力赢得全民喜爱；有的凭借独一无二的性格一跃于大众前，引得大家争相模仿；还有的则是热度与黑料齐飞，成为吃瓜群众茶余饭后的娱乐谈资。

这场选秀对于这些个性鲜明的女孩来说，就如同一个魔盒，她们永远不知道，里面等着的到底是惊喜还是绝望。

X 运气不济，等着她的是后者。

Y 也看到了网络上有关 X 的黑料，仿佛是一夜之间，各种恶意的声音都毫不留情地对准了 X。

X 过去年少轻狂的言论被有心人扒出来恶意引导大众，现在的一言一行也在显微镜下被无限放大。

那些捕风捉影、断章取义的黑料在网络上迅速发酵成滔天骇浪，全部扑向刚刚准备好重新扬帆出发的 X。

四面八方都是随波逐流的浪花，前赴后继地朝 X 涌来，一点点浇灭她眼底满怀期待的光亮。

评级下降，舞蹈动作频频出错，就连导师对她的赞许也变成了如今的疑惑不解。

Y 一声不吭地看着人群里强掩失落的 X，心里莫名堵得慌。

果然，中午吃饭的时候，X 没有来。

Y 一连转了好几个练习室，终于找到了一个人待在角落里的 X。

“不吃饭去？”

X 冷不丁被吓一跳，一抬头就看见那张熟悉的脸，Y 正弯腰认真看着她。

“你怎么来了？”

这些天因为网上的事情，X 有意和 Y 保持着距离，不想把 Y 也牵扯到风口浪尖的位置。

X 站起身要离开，突然手腕被人拉住。

“我想和你说说话，所以就来了。”Y 盘腿坐在地上，目不转睛地看着 X，“或者听你说说话也行。

“X，我们好像很久没认真坐下来说话了。”

不知为何，X 这些天伪装出来的坚强一瞬间全部崩塌瓦解，那双清亮的眼里倏地涌起了层层雾气。

“我跳不好了，Y。

“我只会唱歌跳舞，可现在我连自己擅长的事情也做不好了。”

空荡荡的走廊只有她们两个人，X 像是被撬开了泪腺开关，哭得稀里哗啦，她好久都没这么痛痛快快地大哭过了。

在很早以前就有网友一语点破，X 就是个标准的铁憨憨，台上看着高贵冷艳，私下实则没什么心机也没脑子，开心的时候蹦蹦跳跳，不开心的话所有的表情就都挂在脸上，装也不装一下。

但现在的 X 学乖了，她学会藏住自己的情绪，只在最信任亲近的人面前做回自己。

“我们先去吃饭吧。”Y 看着面前眼妆都哭花掉的某人，不自觉放低了声音，“一会儿回来了我陪你练习，好不好？”

X摇头，Y也坐着没动，只是陪着她。等到X抽抽噎噎哭够了的时候，Y 才开口。

“你明明可以的，你只是现在听太多别人给你的评价了，你不能因为一部分不喜欢你的人而让剩下来的那些支持你的人失望。

“之前那段籍籍无名的日子我们都熬过来了，你只是缺一个证明自己的机会，难道这就是你证明的方式？打退堂鼓？

“X，这次我就是冲最后出道位来的。”Y 直直盯着 X，一字一顿道出了心底最深处的那句话。

“和你一起。”

≫03≫

曾经，X 坚定不移地站在 Y 身旁，牵着她的手接受世人投来所有好的不好的目光，和她坚持着那份难能可贵的勇气。

如今，Y 耐心地陪着 X 一遍又一遍练习着，帮她重新找回那份丢失的自信。

只有自信且勇敢的人，才能配得上舞台上那束最亮眼的光亮。

自信的 X 终于回来了，她知道自己从来都不是在独自前行着，这条路上一直有个人站在她身边，和她一起揣着一样的梦想奔向同一个地方。

所以当分组 PK 的时候，X 毫不犹豫选择了和 Y 一组。

“你这回怎么不避着我了？”Y 还在对前段时间 X 对她莫名其妙的疏远而耿耿于怀。

见之前的小心思被戳破，X 撑着下巴强行装镇定：“你和我都认识这么久了，你哪只眼睛看到我在避着你了？

“我们好像好久没一起在镜头前跳舞了吧？”X 冲 Y 眨眨眼，“所以，想看看我们的默契还在不在。”

这次的表演是练习室版本，没有舞美、没有服装、没有灯光，最考验功底和表现。最终，X 那组的练习室作品还是不负努力地在一众表演里脱颖而出，获得了导师们一致的最高评价。

而这次表演里面最吸引人的大概就是 X 和 Y 一左一右出场的那一幕，一个冷艳高傲，一个飒爽帅气，每一个动作、每一个眼神都配合得极致完美！

时隔多年，两人第一次在正式镜头中再次合体，她们曾经的粉丝无一不热血沸腾起来！

——呜呜呜！我终于等到了！

——啊啊啊真的！是真的！

……

于是，X 和 Y 的粉丝自此期节目播出后迅速扩大，有关于她们之前并肩走过的那些点点滴滴也被再次发掘出来。

众所周知，粉丝的眼睛都是自带八倍显微镜的，任何细节都被看得清清楚楚的那种。

——她俩关系太好了，同款手链看到没！

——我记得当时宣布 Y 成功出道的时候，她转过身第一个抱的就是 X 啊啊啊喂！

……

Y 看着这些飘过去的弹幕竟不自觉地弯起了眉，这时身后突然有人靠近。

“看什么呢？笑呵呵的。”X 不知何时站在了 Y 身后。

“没什么。”Y 收起了表情，正打算默默将手机藏下去，谁知却被眼尖的 X 一把截住。

“噢吼！你竟然……”X 看着屏幕上播放的视频起哄起来，Y 开始不淡定了。

“你竟然这么自恋？专门在这儿偷着看自己表演的视频！”

Y 的自恋已经是节目里的一个梗了，只是她没想到关键时刻竟还能救场。

Y 强装淡定地点点头：“……没错，现在可以还给我了吧。”

“还给你可以，但你要先回答我一个问题。”X 在 Y 面前慢条斯理地坐下。

“你问。”

X 侧头直直盯着 Y，悠悠开口：“喂，原来你这么喜欢我啊？”

见 Y 意料之中的愣住，X 又不急不慢地说：“这几天闲着无聊逛了圈我们俩的超话。说实话，要不是我就是当事人之一，看了那些片段我还差点真的以为你喜欢我呢。

“所以，快回答我！在你眼里，我是你什么人？

“队友？对手？还是……”X 一脸狡黠地停住了。

Y 似笑非笑：“你不是说就问一个问题吗？”

“那就回答一个，在你眼里，我是你什么人？”

“一个我很珍惜的朋友。”X 以为 Y 会想一会儿，没想到她竟脱口而出。

四目相对，Y 那清冷的眉眼像是在笑，又像是无比认真。

“我之所以能在这条路上坚持了这么久，不仅是因为遥不可及的梦想，更是因为这梦想让我认识了陪我一同追光的你。

“所以你对于我，是一种比友情、爱情、亲情更特殊的存在。”

≯04≽

节目播放过半，残酷的赛制淘汰掉了一批又一批的学员。X 每次说着要坚强，可每次到分别的时候还是会不争气地掉眼泪。

留下来的人越来越少，所幸的是 X 和 Y 一直都在。

自从那次和 Y 一起表演后，X 渐渐找回了之前的状态。每一次的公演舞台都能看到她眼睛在发光，并且这光越来越亮。

而 Y 则凭着其不容忽视的实力圈了一大波粉丝，舞台上的她气场全开是绝对的 C 位，而台下的她却有着极大的反差，温柔又有耐心，低调甚至还有点腼腆。

但只有 X 知道，Y 向来就是这么个慢热的人，不怎么习惯表达的她习惯将她所有想说的话都写进歌里。

毕竟 Y 十七岁的时候，就写出了自己的原创歌曲。

为了调节比赛紧张的氛围，节目组特地举办了场联欢晚会。现场的氛围特别好，挥着荧光棒的 X 也很兴奋，每个学员上台表演的时候她都会跟着大家一起欢呼捧场，直到 Y 上台。

比起前面学员表演时用了各种复杂的服装道具，Y 的展示简洁得过分，她面前就只有一架安静的白色钢琴。

“这是我十七岁时候写的第一首原创。

“它陪伴我至今，希望也能给你们些力量。”

X 看着舞台中央那张同样沉静清冷的脸，她大概能猜到 Y 接下来要唱什么。

那首简单却能给人莫名力量的歌，X 是第一个听过这首歌的人。

——这是你写的？好棒啊！这么好听的歌应该要让更多的人听见！

——会的，以后你一定会看见我在最闪耀的灯光下唱歌的。

两人年少时的对话仿佛还在耳边，如今 Y 终于实现了当初的承诺。

台上的灯光突然温柔起来，Y 清冷缱绻的嗓音和着缓缓流淌的琴声，莫名有种让人沉静下来的魔力。

Y 的目光扫过台下的观众席，大家都在认真安静地听她唱着，只有一个人在轻轻跟着唱。

她是第一个听到这首歌的人。

而现在也只有那个人，会唱这首歌。

此时，台下的 X 眼眶又不争气地红了起来。

完了！又要被这家伙搞哭了！

≥05≥

那晚 Y 的自弹自唱又成功登上微博热搜，吸引了越来越多的路人入坑。

像这样会唱歌、会跳舞、会 RAP、会创作的全能型 ACE 最后不 C 位出道，那么还有谁能坐上那个位置？

终于，在倒数第二次顺位发布的时候，Y 成功冲到了第二名，距离顶峰只一步之遥。

那天晚上，X 趴在窗口出神地看着外面的夜色，就连身边有人靠近都未察觉。

“明天就要开始最后一个公演任务了，还不去休息？”

X 一惊，抬头一看，是 Y。

在 Y 过来之前，X 脑海里回响的都是她在发布名次后的发言。

那是 Y 第一次谈到了那段她们不愿触碰的记忆。

“去年的那段时间是很难熬的，曾经的团体面临解散，网上有很多声音说我们团糊掉都是因为我，我也开始在想自己是不是做幕后更适合。

“我觉得我一直都是很幸运的人，拥有过很多机会，也努力地抓住过，但每次都差那么一点点。慢慢的，野心和自信心都被磨光了，直到我等到了现在这个舞台。

“舞台对我来说是有魔力的，以前的我会把每一次舞台当作最后一次来表演，但这一次我站在上面就不想再下去。

“所以，我很感谢这一路遇见的所有波折和幸运，所有支持和鼓励，所有质疑和怀疑，这些让我拥有了更坚定的自己。

“勇敢是唯一的回应，我会全力以赴，不留遗憾。”

那时，X 的角度只看得到 Y 的背影，但只留给她一个背影的 Y 还是成功把 X 弄哭了。

X 发现最近这段时间真的是越来越控制不住眼泪了，比如现在她在看到 Y 的时候，莫名鼻子又泛起了酸。

X 努力把在眼眶里打转的眼泪给憋了回去，闷闷道：“就是想吹吹风。”

X 继续趴回窗台上，Y 也没再说话。

外面早已夜深似水，但两人并肩而立谁也没离开，就好像很久之前两人就习惯这样沉默安静地站在一起。

良久，X 先开了口。

“Y，你永远不要为了其他的声音去改变什么，你要做的就是那个最勇敢的自己。”X 看着 Y 的目光直坦且认真，“你永远都配得上现在一切，你还值得更好的远方。”

此时的 X 已经平复了心情，剩下那点儿未散开的鼻音带着她惯有的调皮口吻：“所以，怎么样？

“最后一次舞台要不要考虑再合作下？”

## ≯06≥

最后的十几天，不止是 X 和 Y，每个人都在全力以赴。

成团夜的那天，临上场前，X 看着那满座的人海，竟有些发怔。

“紧张了？”是熟悉的声音，X 不用去看也知道身旁站着的人是 Y。

“我才不紧张。”X 瞥了眼，嘴硬道，“我是在替你紧张好不好？”

“那就更不用紧张了。”Y 摸了摸鼻子低头笑了，一字一顿，“你说过，机会一直是留给准备好的人的。所以我信你，也同样相信我自己。”

“不行不行。”X 朝 Y 张开双手，“快来抱一个让我安心点儿。”

Y 高冷地挑挑眉，后退：“现在早了点儿。”

“早？”X 佯怒道，“不是说我对你是特殊的存在吗？想抱下你还要挑时候？”

Y 不急不慢：“就是因为特殊，所以才不能随便搂搂抱抱。”

X 彻底炸毛了：“哼！笨蛋才替你瞎紧张呢！”

可真正轮到宣布名次的时候，X 还是着着实实紧张了两次。

第一次是在念出自己名字的时候，回顾自己这一路，X 鼻子又泛起酸来，但她愣是神奇地忍住没掉一滴眼泪地发表完感言。

第二次便是在制作人宣布最终出道 C 位的时候。

那瞬间，全场人员的目光都聚集在舞台中央。

X 也不例外，因为那里站着两位学员，其中一个就是 Y。

观众席里的粉丝开始疯狂喊着支持的学员名字，其中喊出 Y 的声音不绝于耳。

算了，笨蛋就笨蛋吧，明明此刻争夺 C 位的人不是自己，可 X 竟然紧张得都快要窒息了。

台下的呼声一声更比一声高，气氛炒热到极点，X 紧张得手心里全是汗，竖着耳朵生怕错过了那个名字。

“恭喜，Y！”制作人终于念出了最后的那个万众瞩目的名字。

一瞬间，场内的尖叫声、掌声、呼声震耳欲聋，X 好不容易憋下去的眼泪一下子都涌了上来。

喏，果真是笨蛋，又被她搞哭了吧。

等 Y 发表完最终的感言朝这儿走来的时候，X 再也矜持不住了，众目睽睽之下一股脑儿蹦下台阶直接冲向 Y。

Y 一把接住 X，踉跄地后退两步。

X 兴奋地摸了摸 Y 的头，一双月牙眼弯得不能再弯。

“做得好！”

“当然。”

X 抱着不肯撒手：“请问，现在能光明正大地抱久一点了吗？”

Y 拍了拍 X 的背，眼带笑意，又重复了声。

“当然。”

曾经比肩而站的默契，到如今双向奔赴的拥抱，你一直是我超越友情、亲情、爱情的存在。

我们曾一同追过天光，以后将共享万丈荣光！

END

FALSE
只要人诚心到一定程度
就连石头也能开出花来
虚
False
妄

虚妄
· 文 Mozza.L ·
FALSE
我现在在哪
究竟哪一端才是真实
FALSE
WHAT IS THETRUTH

FALSE

# FALSE 虚妄

文/Mozza.L　手划断桨的造梦者。

## 飞行/01.

进入平流层后，飞机开始趋向稳定。刚才熄灭的顶灯也随之悄无声息地亮起。有乘客伸着懒腰小声打着哈欠，解开安全带起身上洗手间；有人拿出笔记本办公，一手揉着鼻梁一手飞快打字，页面右上角的备忘录罗列了字体加粗且标红的一二三事项；还有稍年长的女性举手向空姐索要毯子，看上去是准备在短暂航行途中补充睡眠。整个机舱内安静得几乎落针可闻，大家都尽量保持着休憩的姿态不愿动弹，脸上带着明显的困意。

现在是早晨六点十七。太阳或许还要好一会儿才会从地平线上升起。窗外依然夜色朦胧。如雾般的云层缥缈又无声地转瞬即逝，地下是影影绰绰的斑驳灯火，像极了昨晚孤苦伶仃的稀星。

K 坚持戴着墨镜，直到落座后也没有摘下。登机时有人认出了这位大明星，但体贴地没有声张。他对此当然怀有感激，毕竟在公共场合引起骚动还是会给许多人带来一些麻烦。而这并不是他不愿摘下墨镜的最根本原因。

他按下锁屏，任大脑放空着将身体靠向座椅。这种无能为力的心情似曾相识。睁着眼望向机舱的顶板，视野内的空白一如十六年前医院的房顶，看久了只觉令人感到说不出道不明的疲惫。

他的手心不自觉按到左侧大腿上，压着隐隐作痛的伤处。是的，陈年旧伤依然未能尽数痊愈，每逢阴冷的冬季，那打在腿骨内的钢钉都会变得格外有存在感。严重时甚至影响正常行走，非要不定期去理疗中心热敷才可将痛楚缓解些许。

旧伤复发的人本不该在这样的季节经历舟车劳顿的。而推掉所有通告，工作日程全部改期，赶了清晨最早的航班飞往 C 国，一切都只是为了……

“哥哥，你累不累？”身边的女孩小声地在肩旁耳语，“我向空姐要个毯子？”

K 条件反射地摇摇头，然后伸手把她纤瘦的肩膀揽进怀里。

“不用，你休息吧。

“今晚会比较迟。趁现在多睡一会。”

他慢慢缓过神来，透过墨镜看着倚在臂弯里的女孩。他想不明白，为什么会决定带上自己还未对外公开的女友，去赴一场多年未见的……

——友人的，婚礼。

——微博平台上，铺天盖地都是那个人的婚讯。

他自然是知道这回事——比任何人都早。所以在团内其他队友收到请柬后全都默契地保持缄口不提，假装未曾知晓且尤其对他遮遮掩掩的时候，他只觉哭笑不得。

或许曾经惊天动地的风波于现在看来不过是太阳底下的寻常事，但在当时确实是造成了不少负面甚至恶劣的影响。于是在隶属于异国的同伴回国之后，只有几个过去相交甚密的队友还与他保持着定期或不定期的联络。

K 睁着眼，耳边萦绕着 T 的嘱托。

“K 啊，你就代表队内去赴宴吧。也转达我们所有人的祝福。”

他这么说。

——毕竟与 G 来往密切的人，也只有你了。

落◁地 02.

K 拉着女友的手压下帽檐往出口走，意料之外地发现竟然有不少粉丝守在了通道两旁。看到他后她们发出小小的尖叫声，挥舞着手中的专辑，手幅和……

——写着那两个字的灯牌。

Momo 好奇地眯起眼看向人群，似乎在辨认他们高举的东西。有过度热情的粉丝推攘起来，K 把人往身边拉了一把，顺势拽着她的手加快往门口走去。

不想让粉丝过多关注到自己的私人生活，也不想让记者有新鲜的八卦可写，更不想让她看到那灯牌上闪着红光的，像警灯一样刺眼夺目的内容。

——可究竟是不愿让她目睹，还是自己，也不愿意看见?

“抱歉。应该在通道处就设置安保人员的，是我们疏忽了。”接洽的当地人员在门口迎接之后快速将两人引进后座，保姆车向着下榻的酒店行进。

“是G先生统一安排的住宿，离婚礼场地非常近。”

“等抵达后请稍做休息。下午时候我来接二位之前会给您致电。”

男人周到地向K介绍今天的安排，说完后克制地回身坐好，不再打扰后座的二人。

K不动声色地苦笑了一下。表情被完整地隐在黑色的口罩之下。他多看了一眼副驾的方向，这位干练的工作人员连最难的卷舌音都发得极为标准，听上去真像个地道的H国人。

他说H语的样子可比当年的你强多了。

——G先生。

还是当年录制综艺节目的时候。

说是隐藏摄像机，但其实台本早发到了每个队员的手里。不过是照剧情出演，再多加些自我发挥的标准套路。演戏是K与生俱来的特长，无须练习，就能将所有的假戏都做得和真的一样。

笑得龇牙咧嘴的Y那时还是个怯生生的软包子，在哥哥面前唯唯诺诺。K照着剧本要求在镜头前表现出格外强势的一面，其他年幼的弟弟们也都你一言我一语地帮衬着描绘出一个盛气凌人的“小公主”形象。K也习惯了综艺的做法，且由着孩子们闹去。只是他没想到连好脾气的G这次都跟着一块儿起哄。

MC 问："G，你的脏话是谁教你的？"

"是 K 啊。"天真的，无辜的，心直口快的像个坦荡而毫不设防的孩子。

"是 K 教我的。"

"呀，是谁总跟在我身后死缠烂打地甩都甩不脱？我几时教过你这些东西？"简直胡说八道。K 瞪大眼睛。三天不打上房揭瓦，说的就是你们。

"K 啊，你和女明星走得太近了吧！"是看热闹不嫌事大又兴致勃勃火上添油的队长，站在二楼露台边双手撑出喇叭状冲地面喊。

"那个谁谁和谁谁，还有谁谁谁，到底考虑好了没有，选一个吧！"

被围攻的当事人叉着腰破口大骂，所有人都对他佯装的愤怒误以为真，拍着手哄堂大笑。刚还信口开河的队长立马服软，伸开手臂画了个大大的爱心，弟弟们零零散散站开一排，七嘴八舌地喊起粉丝口号哄青筋直暴的二哥开心。

"不要生气呀 K！"

"我们爱你 K~"

K 略带心虚地朝 G 看了一眼。那个男人英俊的脸上始终带着平和的笑容，明媚得一如春日温暖的太阳。他用手肘撑着围栏，在摄像机拍不到的地方，小小地冲这边比了个手指爱心。

太阳穴突突直跳的人这才放下心来。

——他知道我不会为这种随口一提的玩笑话生气。我也知道他不会为这种无中生有的事生气。这是我们独有的默契。

“关系好的人应该怎么做呢？”这是之后的环节。为了给弟弟们做个榜样，体现真正亲密的队友间是如何相处的。K放下刚才的恩怨，和G面对面站在室内二层的楼梯间。

那个温暖的男人依然带着包容的微笑，他挽起K的双手牵到唇边，而后在光洁的手背上印下一个温热的吻。

——熟练得就像做了千万次一样。

镜头该交给其他主人公了。前面带路的G低着头，过了一会突然停下脚步，转过身来直直地盯着，他脸颊涨得通红，嘴唇动了动，说出什么话来。

——那话似乎很重要，但怎么都不记得了。

K觉得喉咙口有隐隐的堵塞感，这口罩也太闷了。再一次习惯性拿出手机机械地刷新，直到再也刷不出来什么新鲜的消息。

他终于稍稍放松了身体，任由手臂垂落到座椅上，掌心也失去了紧握的力气。

C国啊……好久没来了。

上次来的时候，这座城市是这个样子的吗？

车在一家五星酒店前停下了。门童带着一行人抵达十三层的套房内。一同将行李送至房间后，刚才的男人微微欠身离开，顺手带上了门。Momo跑到落地窗前趴在玻璃上往下看，语气带着难掩的兴奋。

“哥哥你看，这是什么江？”

K望着女友逆光的背影，只觉精神有些恍惚，一时竟分不出这是现实还是梦境。

——她雀跃的样子，好像当年刚出道时候的自己。

是第一次海城开演唱会的时候。那些年他们还住不起这样昂贵的酒店，但也算是在近江中心的地段。那时从窗口一样能看到宽阔的江面，夜晚的水波映照着各色的灯光，像条沉默蛰伏而光华璀璨的巨龙。

“这是什么江？”二十多岁的K趴在落地窗前，长吁短叹地感慨。

G把行李箱打开摊到地上，从里面拿出同伴最常穿的睡衣放到床边，朝窗口看了看，然后走过来。

“这叫浦江。是海城内最大的水流。”

“我们酒店在的地方是全海城最贵的地界。”

“这儿的房价，有的人一辈子都望尘莫及。”

“哦？能有多贵？”初来乍到的小年轻趾高气扬，昂着脖子像只傲慢的天鹅，“再贵的房子，我以后也买得起。”

G“噗”地笑了出来，立刻挨了一记捶打。

“你笑什么，看不起我？”K嚷嚷起来，举起胳膊作势又要动粗，立刻被对方眼疾手快地制约住了纤细的手腕。他挣了一下没挣脱开，嘴上开始噼里啪啦地反击。

“那我跟你保证，未来我一定会在这里买一套房子。等退出演艺圈了就来这里住。”

然后又哼哼唧唧着补了一句，看似不情不愿。

“允许你和我一起。”

G愣在当场，高举着手忘了放下。K疑惑地看着他不解这人为什么突然不说话了。

“我是说真的。”他补了一句，表情庄重严肃，眼神真挚得像在进行什么宣誓。

“嗯。”G慢慢松开手，露出一个当时的K不能理解的，缓慢而温柔的笑。

他伸开双手把一无所知的人抱在怀里，之后慢慢收紧了手臂。

“我知道。”

头痛，又开始了。

K摔进床里，用拇指用力揉着太阳穴。紧绷的神经一路延续到天灵盖，整片前额都跟着一起产生了灼烧感。他勉强地睁开眼睛，天花板上精致的红褐色花纹细致又紧密地交织在一起，仿古的藤蔓装饰此时如同蜘蛛繁复的网络，像捕捉般紧紧地将自己无处可逃的情绪一道缠绕其中。

——我现在在哪？究竟哪一端才是真实？

叮，手机屏亮了。K一边庆幸来自现实的消息恰到好处地把濒临崩溃的自己解救出来，一边闭着眼捞过手机举到眼前，辨认了一下是D的信息。上面只有一句话。

“哥，你到了吗。”

他笑了笑，决定不回复这条信息，而是按下了通话键。

“呀。不看新闻的吗？哥早下飞机了。”

Momo在一边优雅地吃着点心，听到声音投来好奇的目光。

“啊……哥你现在在哪儿？到酒店了吗？”

“我过来找你。”

K报了房间号，听电话那头的响动像是在疾走。果不其然，没过一会就听到了敲门声。

他不自觉地勾起了嘴角前去开门，在与来人四目相对的瞬间刚好朝对方绽开一个发自内心的喜悦笑容。

——是记忆中的少年，但已经长成男人的模样。

D 跨步过来猛地一把抱住多年未见的哥哥，K 发觉这个曾经奶香扑鼻的孩子现在肩膀已然宽了不少。身上羞涩腼腆的气息也换作了男人自信沉稳的木质香味。

“哥……你怎么胖成这样了……”

D 张嘴依旧口无遮拦，在哥哥面前倒真还是那个小孩的样子。自然也毫无意外地又挨了一记脑壳崩。

K 咬牙切齿地胡乱揉一把他的头发，但即刻忍不住恢复长辈一般慈爱的笑容。他转过身招招手：“来见见你嫂子。”

Momo 怯生生过来问好。D 愣了一下，但立刻露出招牌的礼貌微笑，右手虚空地抚在心口上，腰身弯下九十度，很有中世纪绅士风度般地向她行了个夸张的颔首礼。

“哪儿学来的。”K 笑骂他，“妖里妖气。”

“妖里妖气的不是哥吗，以前和 G 哥一起的时候……” D 条件反射地反驳，但声音迅速弱了下去，他小心地瞥一眼这个曾经发起脾气来连队长都要礼让三分的哥哥，姿势看上去有些滑稽。

K 静静地笑着，没有接话。

——在他们都还算少年的时候。

公司首创了组合中的小组概念，把他们几个成员两两一组分成几对。那时候还没有像现在这样便捷快速的社交平台，所有的动态都集中展示在社群小窝。伶俐的大明星虽并没有把这当作一件值得走心的事，只是照着公司的指引，再参考粉丝的留言风向，顺应人心去做而已。但也乐得有趣，总是拉着 G 拍一些搞笑的照片引大家猜想。

“干什么呀，我不要拍。”这是那晚的 G。他发着牢骚要往门外躲，K 眼明手快地把人抓回来。

“你还想不想红了？”K 摆出前辈的姿态，理直气壮地教训。

“想红就得用这种方式吗？”刚还手忙脚乱的人突然镇定下来，语气变得犀利，倒把故作严肃的 K 吓了一跳。

“我不喜欢。”

——我不喜欢。他就那么直截了当地说了出来。

气氛僵了几秒。两个人都没说话。K 看着低头不语的人，心情复杂。

“我还不喜欢你呢。”他最终还是发了火，就要往门外走，却被拉住了手腕。

“K……”

G 叫了一声，声音埋在喉咙底。像个做错事的小孩一样。

“我不是那个意思。”

“我不是……不喜欢你。”

K 望着垂头丧气的男人，头脑开始慢慢冷静下来。

这是他第一次见 G 露出这样失落的表情。

——我可能真的做错事了。

“我知道。”K 站住身子，“我也不是那个意思。”

我明明知道的。他在 H 国过得有多辛苦。粉丝不接纳他，公司不器重他。有时就连一些队友都认为他可有可无。然而他还是坚持了下来，日日朝着梦想进发。从来没有说过半句要放弃的话。为了得到大家的认可他什么事都愿意做，而我怎么可以用最锋利的刀刃去戳刺他最软弱的伤口？

“对不起。”

K 猛地看向 G，两个人愣了一会，又不约而同地笑起来。

——他们俩都在同时说了这句话。

“是我不该逼你。”K 主动上前搂过他的肩膀。男人微微出汗的肌肤贴着他的肩膀。

“我们不拍了。”

“不。”G 挣开他的怀抱，反倒较起真来。

“你稍等我一会。”

K 望着朝客厅奔去的 G，一头雾水。跟出去才发现，这人竟然在四处找酒。

“你等我喝点酒。”

——撅着屁股往冰箱里翻东西的 G 看起来像只大型仓鼠。

K 抱着肚子大笑起来，刚才的伤感和郁闷都一扫而光。

他大咧咧往沙发上一坐，准备舍命陪君子。

“来。”G 递过来一个杯子。

“不醉不休。”

——这就是那张著名合照的由来了。

这惊天动地的照片一经问世便引起轩然大波。从此两人一起开始走红。人们重新认识了这个笑起来温润如玉的男人，他才慢慢开始在 H 国站稳脚跟。

胸腔也开始疼痛，那痉挛感从心脏的方向朝全身辐射迸发。

——是我又中毒了吗。还是那咒语从来都没有解开。

“哥，一会你坐我车走吧。我是今晚的伴郎。”

D 定了定心神，很快恢复了得体，但讲话变得小心翼翼。

“我们先去见见……新郎。”

“行。”K 拍拍他的肩，带着和善的微笑，将人送至门口离开。

“哥哥，他是……” Momo 是个非常聪明的女孩，一定也捕捉到了刚才氛围中异样的气流。

“他叫 D。”K 笑笑，重新拉起女友的手走回床边的桌前，他也确实感到了低血糖的前兆，要赶紧摄入一些食物来维持这具躯壳的运作才好。

“他也是……吗？” Momo 犹豫了一下，还是问出了口，她仔细地观察着男友的表情。

“对。他曾经也是我们的一员。”K 不动声色地吞下一块司康饼，差点被这要命的甜食卡住了嗓子。他喝了红茶，而后茫然地坐在窗边，望着楼下来往的车水马龙。

——时间究竟是过得太快，还是太慢？

——他曾是我们的一员。你也是。

这个组合在最开始的时候破天荒地采用了 C 国成员加入的模式。虽后来有舆论分析说这不过是公司为了打开 C 国市场所用的商业手段而已。但对于当时心思单纯的少年们来说不过是多了一个语言不通的同伴而已。他们一样用了自己的方式来陪伴与鼓舞彼此，最终一同熬过了艰难的练习生生涯，一起站在了最盛大的舞台之上。

从 C 国远道而来的 G 一开始并没有得到什么像样的尊重。等他们所有成员都站到 H 国最高舞台上进行演出的时候，这个异乡人却仍然只能戴着面具，被当作普通的伴舞安排在黑色的背景之中——且一站就是三年。K 是第一个站出来为 G 说话的。甚至还为了这事冲到了公司老板的办公室。那时老板只对他说了一句话，然而年轻气盛的 K 在当刻并没有理解他的深意。

“K 啊。”老板望着气势汹汹的年轻人，眼中带着看透沧桑的深意。“以后你会懂的。”

K 苦笑。这话不知是说得太早还是说得太晚。当年的他不理解，而等终于能明白前辈用心良苦的时候，一切仿佛已经来不及。

组合的名号在十几年前就已经响彻整片亚洲土地。对于曾经的 K 来说，这是一份责任，也是一种荣誉。而于今日的 K 而言，组合早已是生命中的一部分，过去朝夕相伴的队友也已形同家人。这个组合的意义早就超越了商业产物的本身，而升华至人与人之间最本质的情感价值。虽然如今有一些不好听的声音叫嚷着 K 是寄生于组合的无用之徒，甚至联名要他退出。但这一切都不重要，因为他们自己懂得彼此互相搀扶至今的珍贵。

然而这个曾经的团队，如今也分崩离析。有的人解约，有的人因婚恋而被迫退团，有的因生事被公司雪藏。太阳底下永远不会发生什么新鲜事。这在 H 国瞬息万变的娱乐圈里不过是最寻常的风景。一个组合熄灭了，很快就会被新的年轻血液替代。公司不愁没有可运营的资本，粉丝也乐得能有多项选择。大家各取所需相安无事，再深的伤痛总有被抚平的一天。但真正不能释怀的，大概只有身处故事其中的人。

——如今君临天下的顶尖男团当年不是没有经历过最黑暗的日子。

还是在刚出道头两年的时候。他们遭遇了车祸，车门被挤压变形。K 被紧急送往医院抢救，好歹是留下一条命来。但腿骨中却打入了将伴随他一生的钢筋和钢钉，医生警告他未来不能再跳舞，除非他做好了失去这条腿的准备。

“G，我是个废人了。”那时的 K 抱着膝盖坐在病床上，脸埋在膝盖间。

“不能跳舞的 K，没有存在的意义。”

“不是这样的。”G 小心地坐在床沿边，怕轻微挪动都会牵引到病患的伤口。他轻轻地，又紧紧握住 K 的手。

“K 不光是因为舞蹈而存在。”

“K 的存在，只是因为他是 K 本身。”

“无论变成什么样。都不能改变这个事实。”

Momo 在镜前补妆，然后拿了房间的蒸汽熨斗来整理晚上男友出席的西装。K 望着她极为体贴温柔的样子，不知为何有一瞬看到了不属于此时的叠影。

参加某档综艺的时候，有一期加入了 X 光探照的内容。所有成员好玩似的一个个站上探照台透析自己的身体。而当轮到 K 时，屏幕中出现的是他左腿中棱角分明的钢钉。

那时的弟弟们都还不太懂事——也或许是在镜头前强撑着作出嬉

笑的姿态。毕竟这是综艺，不能令观众感到负担。然而就在一群打打闹闹的男孩子中间，唯有一个人始终铁青着脸，一动不动盯着屏幕中的画面，眼眶泛红，泪水摇摇欲坠。

K 默默站下台子，把前端的镜头留给其他成员，悄悄走到 G 身边。

“我没事。”他说。

——你不可能在 H 国停留太久的。我从一开始就清楚。只是没想到那一天来临的时候，我的心情依然痛苦。

门被敲响了。

忙着手头事的 Momo 跑去开门，外边站着衣冠笔挺的 D。

“哥，准备好了吗？”

他眨了眨眼睛，眼神中透露出欲言又止的信息。他笑了笑，语气谦和而温柔。

“我们该出发了。”

——人固有一死。

而往事从未被真正隐去。

K 闭上眼调整呼吸，站起了身。

## 婚礼 03.

一早听 G 说起过。C 国人喜欢邀请很多很多亲戚朋友来婚礼现场，似乎有越热闹越体面的说法。而身为艺人自然是有更为广阔的人脉，且这一次的活动是面向外界全公开的形式。于是在酒店的三条街外便熙熙攘攘簇拥了不少粉丝，甚至还动用了一些警力来维持秩序。酒店的大门外铺设着长长的鲜花红毯，场面极尽奢华。

——你以前，不是这样的。

K快步行走，通过这电影节开幕式一般的走道，两边有疾速闪光的摄像。记者们挥舞着手臂大喊“请看这里”。他勉强地站定了几秒供相机取景定格画面——这一次明面上是作为组合代表来出席此次宴席，有太多人等待着他们两个人的重逢，甚至在半个月前网络上就已经刷出了上千条等待K出席G婚礼的留言。于是K在这一刻不再单是K，而是肩负了组合的名号的，属于那个年代的记忆。

他突然庆幸有D带着Momo往酒店的偏门悄悄进入，才不至于要连累一无所知的女友也遭受这份压力。

——你以前明明不喜欢被记者包围的感觉。

K跟着指引来到贵宾室与Momo汇合。稍坐了一会就看到D从门外进来。他与周围的人打了招呼后，走到K面前。

“哥，G哥知道你到了。”

“我们……走吧？”

K跟在弟弟后面，在华丽却陌生的酒店中穿行。转过了不知道多少个弯，暗红色的通道四通八达，每条路看起来都一个样子。他试图记忆来时的方向，却发现自己大脑一片空白。

——什么时候开始，我要见你，竟然需要穿过这么久的时光。

D走到一个大门敞开的房间面前，停下了脚步。他回头看一眼K，然后轻轻叩了叩门。

“哥，K哥来了。”

K缓缓走到门边，门内的景色像陈年的胶片一样缓慢地铺陈开来。

他好一阵没能说出话来。

众神为了惩罚犯错的西西弗斯，命他每天推一块巨石到山顶上。但是山顶狭小，山坡光滑，他每次日出而作日落而息，石头又会在晚上的时候滚回原地。于是西西弗斯永世被这个残酷的咒语困住，寥寥几步，却反反复复。

——你就在我的眼前，但我似乎再也也无法真正抵达你所在的彼岸。

那个曾经熟悉得就像另一个自己的男人站起身，快步走到门边。

“K。

“你来了。

“好久不见。”

他几乎没有什么变化，还是记忆中英俊的样子。他的双眼明亮，气质柔和，脸上的笑容能融化一整个冬天。

只是他身上的气味……和过去不一样。

“好久不见。”K 回答，这十几年来的历练令他能够掩藏所有的情绪，在任何场面下都能保持礼貌的笑容和稳定的声线。

——可嗓子好干。哪里有润喉的神奇药水？

“路上还顺利吗？”男人的口气还是带着该死的温柔。

“酒店的东西用不惯的话，我叫 D 帮你打点。

“吃过东西了吗？饿不饿？”

“一切都顺利。没有不适应。”K 笑着回答。

“你看上去。很帅。”

他不动声色地松了松颈口的领带，那儿束得他喉咙发紧。

“恭喜你大婚。

"晚上不醉不休。"

G愣了一下。

不醉不休，是他曾经教K的成语。

"呀，G，什么是不醉不休？"二十三岁的K问。

"这个啊……这个是说。"G思考了一会，斟酌着该用什么样的描述才能让他理解。

"意思是，两个交好的人在一起喝酒，得尽情尽兴。"

"不醉到神志不清，就不能停下来。"

"哇哦,这么浪漫？"K像学到了什么非常宝贵的知识。突然他"啊"了一声，眼睛带着闪闪的亮光。

"那意思我和你以后喝酒，都得不醉不休？"

G表情纹丝不动，情绪平平淡淡，是真正历经过风浪的样子。

"好。不醉不休。"他说，然后微微侧过身子让出了一些空间。

"进来坐一会吗？"

"不了。"K很酷地摆摆手，向后退了一步。

"你忙吧。晚上可得辛苦了。"

他想拍拍G的肩，但想到了其他什么。所以他什么都没有做，只是笑了笑转身离开。

——门，其实早在很多年前就已经关上了。

吉时已到，一分一秒都不得耽误。所有的酒席都坐满了人。有好些见过甚至交流过的艺人，但更多的，是完全陌生的面孔。

——有趣。婚礼上那么多人，没有一个当年的朋友。

Momo 有些紧张，一直在不断地喝水。K 用手臂搭上女友的肩膀，轻声地安抚。

“别怕。就当是参加个普通的宴会。”

他才想起自己还带了一个人过来。

关于这次婚宴的事，在征询 Momo 意见的时候，她没有思考太久就点了头。这更令 K 感到一丝无地自容。

你个懦夫。他在心里痛骂自己。

——你还没有一个女孩子勇敢。

是一次喝醉的时候，身边有谁问，K，你爱她吗？灌下第三瓶烧酒的人当时正喝到微醺，不假思索地便点了头。

“是决定结婚的那种？”

当然。K 有些不耐烦。可能是酒精作祟，他并不喜欢听到“结婚”这两个字。

“从 C 国回来我就公开。”

“那提前恭喜了。”有人来和他碰杯。

“也确实到了该成家的年纪。找到合适的人是好事。”

——这当然是好事。

K 喝了一口餐前酒，整个宴会厅的场内开始慢慢熄灯。他环顾了一圈，人们都不约而同望向同一个方向。

是新人该入场了。

他用力握着酒杯，拇指抵着纤细的杯脚。背景音乐是首没听过的中文歌，甜蜜的女声缠绵又明朗地吟唱着悠扬的旋律，与此刻鲜花遍地的内场极为相称。台上的 G 抱着双手垂在身前，他的微笑依旧如春风拂面，眼睛一动不动看着爱人的方向。

宣誓，对视，交换戒指，俗套得不能再俗套的剧情。人类却似乎总能被看过上千遍的画面再一次感动。底下的欢呼和掌声在新郎新娘拥吻的一刻达到高潮，K 续了第三杯红酒，畅快地一饮而尽。冰凉的液体沿着喉管涌进胃里，聚成一摊小小的汪洋。

“哥哥，别喝太多了。” Momo 在身边劝阻，“我知道你高兴。”

是啊。今晚是高兴的日子。

我和你。

都该不醉不休。

身边的 Momo 似乎在和同桌的女艺人聊天，但听不清楚她们说了什么。K 叫来侍应生又将杯中斟满。因为新人敬酒，就快到这边了。

——敬你的酒杯，怎能未满？

新娘挽着 G 的手臂，笑靥动人地来到桌前，这桌的宾客都站起身回礼。K 站起来时候小小地踉跄了一下，看到 G 的眼神往这边快速瞥了眼，但又立刻闪躲开去。同桌的宾客们一个一个与新郎碰杯，说一些冠冕堂皇又无关痛痒的祝词。K 木然地听着，机械地赔着笑脸。他自然是听不懂的，而现在身边也没有了能为他翻译中文的人。

“K，少喝点。” 是 G 对自己在说话。他的手臂伸过来，另一边挽着美丽的新娘。

K 马上抬起脸露出得体的微笑。他稳稳地站在地上，拿起自己的酒杯与 G 和新娘的相碰。

“精诚所至，金石为开。

“祝二位幸福。”

他是这桌最后发言的客人。所有人都惊叹于 K 标准的发音，大家起哄叫着好，纷纷举起自己的杯中酒。

K 也将杯中酒一饮而尽，闭上眼之前，看到 G 错愕的表情。

他们走了。接下来就是大家自由进餐与交流的时间。有些忙里抽闲的客人尽到了礼仪便先行离开。也是到了允许说再见的时候了。

他又倒了一杯酒。即使现在身体和大脑已经提出抗议。突然在恍惚间不慎打翻了杯子，红色的酒泼洒出来一些到了白色的衬衣领口。K 由着 Momo 用纸巾给自己擦拭，无果后决定起身去洗手间处理一下。也正好给混沌的头脑一点呼吸新鲜空气的机会。

K 用手心接着冰凉的流水，沾了一些点按在太阳穴上。红酒渍是洗不掉了。他尝试了一小会就坦然地选择了放弃。这座酒店随处都打着足够的暖气，熏得人头昏脑涨。他晃晃悠悠地转身要走，却被溅到瓷砖上的水滑了脚，一下没站稳正要往前摔去，却被一双温暖的手臂扶住了身体。

“你喝太多了。”是陌生又熟悉的声音。

“K。”

K 抬起头，是不知什么时候出现在眼前的 G。他微微地蹙着眉，眼神中带着担忧。

“我没醉。”重新站直身体的人觉得自己样子有些狼狈，拿手推开了垫在自己手臂下面的掌心。

“还不至于这么没用。”

G没再说话,只是静静地望着视线左躲右闪的K。用身子挡在门前,没有要让步的意思。

他的视线望向K曲起的左腿。

“现在……还会疼吗?”

K的呼吸停了一秒,大脑有一瞬的缺氧。他终于抬起眼盯着这个男人,想开口却发觉自己嗓子沙哑得像刚经历一场风暴。

“偶尔。”

“医生说这是终身的。”

他也不知道为什么自己还能笑得出来。

“但好在我也习惯了。”

G的嘴唇颤抖了一下,表情欲言又止。

“你……”

——你。

你还好吗。

还是……

——你恨我吗。

K踉跄一下,身不由己地往前跨了一步……

“G。”门外有清亮的女声在呼唤,G条件反射地应了一声,K快速停下了脚步。两个人对视了一眼,打开门前后走出去。

在走廊等待的是今晚美丽的新娘。她换了身更简练的红色礼服,像刚才的G一样抱着手腕笑眯眯望着自己的丈夫。

“这是K。”G的手臂揽了一下K的后背,把他介绍给自己的妻子。

“是我在H国的时候，最照顾我的人。”

“您好。”K也笑着与她回礼。

“刚才切蛋糕时候我们都不小心沾到衣服上了。所以来洗手间清理。”G一边解释着，一边引导着他们往宴席大厅走去。

“回去吧。吃了蛋糕再走？”

K慢慢跟在他们俩的身后，两个容貌姣好身形高挑的人看上去实在般配得很，或许明早的新闻会写上“天造地设”这样的字句。他突然想笑。这就是这趟旅程最后的终点了。而明天又是一早的飞机，之后是成天的工作，和大量需要应酬的人事，生活会如愿地恢复到原来的忙碌。

今晚的酒宴只是一场小小的插曲。很快就会被其他纷扰的心思冲淡。以后就见不到这个人了。

——或许也不会再想起。

迈步回到大厅的时候，二位新人右转往台中走去。K左转回到自己的座位，Momo正用叉子将蛋糕上的一些坚果剔去，这是他不爱吃的东西。

——我也该回到自己的世界里去了。

“哥哥？”Momo拉了拉K的衣袖，像是等了很久。

“你刚才说的中文，是什么意思？”

K咽下一口蛋糕，这奶油并没有想象中的甜。

他笑了笑，摸摸女友的头发。

“意思是，只要人诚心到一定程度，就连石头也能开出花来。”

“那哥哥，你见过开花的石头吗？”

K 愣住了。这是他很多年前问过的问题。

“我没有见过。”

“从来没有。

他摇着头，声音中带着难掩的颤抖。

“说到底，还是一种不能实现的……

“妄想啊。”

END

BETTER AND BETTER

GOSSIP BETTER AND BETT

可惜世事总不如人意

希望你们

未来越来越好

BETTER AND BETTER

BETTER AND BETTER

BETTER AND BETTER

BETTER AND BETTER

# Free Talk

*Talk*

文/满心如愿

BETTER AND BETTER

对于一个人来说

失去不是最残忍的

得而复失才最残忍

BETTER AND BETTER

# FREE TALK

文/满心如愿
满心欢喜，一朝如愿，文字的本质是纪实，文学的真相是生活。

“我可能得想一下如何向你形容他。”

他笑了笑。

“嗯，你让我想一想。”

LINE A ⇔

那个年轻男人坐到我身边时，我并没有第一时间注意到他。

但我很快就忍不住悄悄打量起这个男人。他太奇怪了，虽说天气算不上热，倒也不至于像他这般渔夫帽、墨镜、口罩齐上阵，我怀疑他要么是个大明星，要么就是得了某种流行性易感疾病。

于是我很自然地挪远了一点。

无论是明星还是流感，我都不想扯上关系。

他坐在那里看了会儿手机，一副十分无聊的样子，蓝牙耳机有点掉出耳郭了，我没有听见一点响动，也许没有连上电子设备，也许只是不在放歌而已。

好吧，我承认，在凌晨三点半的机场，已经等待了四个小时的我比在场任何一个待机的人都要更无聊一点。

年轻男人把墨镜摘下来了——我早在心里帮他把这个动作做了一百遍。我坐着的这个位置位于最角落，如果他真是个大明星，早有粉丝前呼后拥地涌过来了，哪会是现在这般冷清姿态。口罩也被拉至下颌处，我忽然发现这个男人的样貌还挺帅的。

他非常符合主流审美，眼袋有点肿，想想也是，凌晨三点半还精神奕奕，多半熬夜成习惯，没有眼袋才奇怪。

我总觉得他有点眼熟。难道是圆润的脸部线条自带三分喜气，见之即面善？

“……你身份证掉了。”

我终于醒悟过来刚刚注视的行为有多么不礼貌：“谢谢。呃，抱歉。”

弯腰去捡身份证时，我听见男人问我：“你也在等人？”

“哦，不是。”我一边检查证件一边又忍不住看了他一眼，“航班晚点了。你来接机的吗？好像很多航班都延误了，今天天气不行。”

“嗯，我知道。”他说。

我不得不在心里感叹一句他的声音真是低沉有磁性，很符合我那小侄女对于“低音炮”的描述。

“但他跟我说了会准时到，我相信他。”

“你朋友？”

“是。”

“天气这种事难说得很……这又不是乘客能掌控的。”

“我觉得我朋友挺神奇的。”这是他第一次抢住我的话尾，我们的对话一直进行得流畅而有秩序，他的低音温厚有力，“他总在一些时候，能有好运气。”

我耸了耸肩：“好吧，大家都希望能有个好运气，我可不想再等下去。”

男人笑了，他笑起来时眉眼弯弯，我一时有点拿不准他的年纪。他有些过分孩子气，好像在与我的临时对话中能占上风让他感受到了些许快意。

很快我就知道我错了。他不是为他说赢了我而高兴，他的高兴源于那位还在飞机上的朋友。

“你不了解我朋友。”他的语气竟有些坚定，“他真的是个能带来奇迹的人。”

“比如？”

“你知道三年前有一档网络选秀综艺吗？不知道也没关系，我和我朋友就是从那里走出来的。那档节目要从一百个人里选十一个人，我朋友就是第十个，你说是不是还挺好运的？”

“那不是第十一个人才更好运？”

他顿了顿：“嗯……不能这样解释。这个综艺节目其实还挺复杂的，我们十一个人里，只有他才算得上是个奇迹。”

“是吗？”我有些茫然，“我不太看综艺，哦，我是说，我不太看网上那些东西。”

他冲我狡黠地眨了眨眼：“我猜也是。”

我有点脸热，这个年轻男人——这个大男孩儿，分明是在嘲笑我年纪大还不关心网络。在我看来那都是些小孩子玩的东西，什么选秀、什么综艺，不过是资本与媒体人打造出来的精神娱乐产品，博人一乐也就罢了，真的有必要当真吗?

“你有点眼熟……”我迟疑着，“这几年是不是有个男团，叫什么来着? ”

“XXXX。”他说，额外标注了重音，“是限定团，我们已经解散了。就是前面那个综艺节目出来的团体。”

“哦对，对。”我点点头，“难怪我看你眼熟。那你是里面的谁? ”

“Y。”

“啊，好像是的。”我想了想，“我家小侄女特别喜欢你们。嗯……算是特别喜欢吧。”

男孩儿好像忽然来了兴趣，身子微倾过来笑着看我：“那她有没有跟你说特别喜欢我们中的哪一个? ”

“这我哪记得啊。”我心想这本来就是为了避免尴尬现编的说辞，“你们是不是有一个——有一个特别会唱歌的? 对，我侄女好像喜欢他，我侄女学声乐的。”

男孩儿再一次露出了那种带有少许得意的笑容：“是吧? 那就是我朋友啊。”

一个团队里怎么也得有个唱歌不错的，不然怎么去哄那些小姑娘的欢心呢。但看他很有继续对话的兴趣，我又正好无聊，只好顺着话头往下接：“这样啊。那他唱歌那么厉害，怎么不拿个前三呢? 你们不用唱歌的吗? ”

男孩儿脸上的笑容一下消失了大半：“这个节目……比较复杂。解释起来可能会挺麻烦。”

我看了看表：“正好，我的时间还很充裕。”

LINE B ⇔

他们很久没有好好聊过了。

关于时间，关于成团，关于彼此，关于未来。

Y 猜 L 是故意的，故意不与他谈论，即使话题有深入的趋势，也会立刻打断，不给他质询的机会。

可他真的有很多疑问。他想问问 L 是不是真的放弃了——他猜没有，这不是 L 的作风。但那躲闪的目光却又鼓动起被强行压住的不安，在选秀紧张的比赛日程中流逝的每一分每一秒都更令他感到不安，一种微妙而强烈的直觉正在暗示他们的结局，一个他不想看到的结局。

Y 并不是个信命的人，或许四年前他在无能为力时选择了妥协，也选择了分别。但这不是四年前，他不再是那个稚弱的少年，他已经成长了太多太多，对有些东西有了支配权。

他一向占有欲很强，从来就不准备放弃抓在手里的东西，尤其是他自以为牢牢抓在手心里的，他不喜欢被剥夺的感觉。

但现在，那个分别的结局，似乎又要重现。

他又要再次失去了。

对于一个人来说，失去不是最残忍的，得而复失才最残忍。

他们没有手机，能得到的外界信息很有限，然而这并不妨碍他们对外界的反馈做出种种猜测与讨论。对于成团位，他们在二次公演后就谈过各自的想法。L 对他说，你应该争一争，他说好，我也这么想。L 说你应该争前三，他有些怔愣，说那很难啊，他们都很强。L 就拍拍他的肩膀，说难道你觉得自己比他们差吗？我从来没这么想过。你觉得呢？

他便不知不觉中扬起笑来，说我也没这样想过，我觉得我可以争一下。

是应该争。

不就是前三吗。

现在的 Y 想回到当时把自己打一顿，怎么那时的自己就没看到 L 眼中隐埋的不安与犹疑？心态的变化是一点一点的，悲观的心绪同理。如同断崖与深海，持久而强大的负面张力正在逐步吞噬他身边的这个人，他不知道那种张力究竟来源于何处，只知道这恐怖的氛围要把天边的月亮拉入深渊，连光芒都要磨损，不让它再发半分亮。

LINE A⇔

"他家庭不好。"男孩儿说，"但他从来不会主动提起，我们也不会说。我跟他刚刚认识的时候，很多人都觉得他孤僻，性格有问题。"

我说："那你觉得呢，你觉得他是个怎么样的人？"

"我可能得想一下如何向你形容他。"他支着下颌笑着，"嗯，你让我想一想。"

"孤僻只是表象。"他首先否定了上文，"充其量是伪装，他其实挺细腻的，很敏感。如果你要跟他玩，他一定会确定你对他是不是抱有善意，如果是才会继续，如果不是，他一定会礼貌又疏离……我们一起经历过一些事情，所以我理解他，他就是这样，也没必要去改变什么。"

"他是真的喜欢音乐。"男孩儿好像想到了什么，笑意浸透了眉眼，"他最自信的也是这个。他的音色很好听，一开始只是唱，后来自己写。

吉他也会弹，架子鼓也学，还会一点二胡——他是念音乐专业的，一路走来，他一直很自信。”

听到这里我插了句嘴："是那个有名的音乐学院吗？科班出身呀。"

“是啊。”男孩儿换了个坐姿，向我这边靠近了些，“他的优秀，我从不怀疑。”

“可有的事情，我们谁都无法预料。”他的目光投向无限远的远方，我顺着看过去，什么也没有，只有机场大屏一角慢慢走动的时钟指针。“我是不是忘了说？我们认识很久了。我们走过欢呼，走过低谷，最光鲜的时候机场会堵得水泄不通，最落魄的时候站上的舞台底下没有属于我们的掌声……我以为他不会变，却忘记了来自环境的那种巨大感染力，他明明每天都在我身边，我竟然慢慢不认识他了。”

他的话断在这里，并非告一段落，只是话尾犹带叹息。我清了清嗓子："你说的变化是指……他跟你，分道扬镳？"

男孩儿一下就笑了："怎么可能？我们不会分开的。"

“那你说的是什么意思？”

“好吧，虽然我主观上不想分开，但我得承认，我们有过很多次分开的可能。只是奇迹眷顾我们，才有这七年。”男孩儿摘下帽子拍了拍，我看到他头发上还留有发胶的痕迹，他真的是个艺人——这种感觉越发强烈起来，“最开始的时候，我们认识也是因为选秀。我跟他一组，那档节目是淘汰赛制。我那个时候实力不行，比赛到一半就被淘汰了，宣布结果时我看到他在哭，哭得直不起腰……我本来不想哭的，说实话我那个时候有一种楼上的靴子终于落地的释然，可看到他那么伤心，我倒是很替他难过。”

我问他："你那个时候多大？"

“很小的。”

我说：“那唱唱跳跳的不会影响你们学业吗？”

他再次眨眨眼笑看我：“姐姐您是真的不上网啊。”

我把头一扭：“嘛，差辈儿了，得喊阿姨知道吗？”

“哈哈，好的阿姨，知道了阿姨。”这孩子笑起来很可爱，是个传统的福相，挺招人待见，“然后，我们就遇到了第一个奇迹。经过一些曲折的内情——这些我想你肯定不关心——我们成团出道了。这就是第一次失而复得。”

我心说不，我挺想知道那些所谓内情，你们之间的故事我还真不是很想听。

“我比他小了两岁，他走在我前面，所以我要追赶他，每一分每一秒对我来说都很有意义。我在这个团里与他走过这几年，我不认为是虚度，虽然我们确实拿不到什么资源，但每一天的我都比昨天更好，我就满意了。

“我们都很珍视舞台。”他顿了顿，“很珍视。可能你并不能理解，这很正常，毕竟追求的东西不一样，但我们确实对舞台很看重。从艺嘛，享受欢呼，享受灯光，想给别人带去能够成为支撑的东西……嗯，就叫它梦想吧，舞台是我们的梦想，只有登上舞台，我们的存在才会有意义。”

男孩儿的眼里有光芒。我惊讶地发现他好像变了个人似的，就在此刻，我稍微能够理解他了。

艺人这个职业的出现必然有其道理，我也相信他是喜欢这份工作的，既然他喜欢，工作本身又没有危害，我没有理由去贬低它。

“成团三年多，我们都明白，我们正在离舞台越来越远。他在音乐学院念书，我要准备高考，时间这个概念正在模糊，我知道他想找一条出路。

“只是我们都没有想过，这条出路真正被摆在他面前的时候，会变成一把钝刀子。”

“你想象不到的。”男孩儿低声，“你想不到。你见过一个人眼里的光被一点点磨灭的样子吗？”他的声音被压得深而沉，“我见过。”

LINE B ⇔

Y 从来不吝于去向 L 释放他的友善。

因为他深知，这个被别人调侃成是来自于外太空的怪胎需要这些。L 从来就不是那种自信到闪着光芒万丈的人。舞台上的他是在展示他所拥有的一切，在完成一个作品，拼尽全力去表演。L 好像永远不会出错，也不希望别人出错，因为他想要得到观众的喜爱。

Y 没有觉得这不正常，舞台对 L 而言比什么都重要，他需要舞台，他需要听众，他对自我的怀疑导致了他会反复确认自己存在的意义——他需要被关注、被看到、被爱着。

这是 Y 一直以来都在做的事。

只是这份关注好像无法抵过 L 正在经受的焦虑。他来到这里是想拼搏到一个更大的舞台，每一个曾经无所事事的日子都是对他的嘲弄，他对自我价值的定义正在被动摇，想要重新评估却不得其门而入，兜兜转转还是得回到选秀这条路——他发誓不再走的，到头来还是再度踏上的老路。

Y 不知道 L 这一步走得到底对不对。量化具体到数字的排名是一把刀，明明钝得不能做武器，有时却锐得直要割心。梦想被血肉模糊地片片剥落下来，叫人难受，偏又口不能言。

他眼睁睁看着 L 渐渐失去眼里的光彩。L 的心好像被那钝刀子锉着、磨着，碎成粉末，风一吹，遍地零落。

他甚至不知道怎么去安慰。开口是一件很难的事，对彼此都是。或许 L 不需要安慰，他想，只要够努力，总会被幸运眷顾，他如此，L 亦如是。

所以只要做自己就好。

Y 坚定地这样认为着。

L 哥，我们不比别人差，我们一定可以的。

好啊，我陪你。

于是 Y 以为 L 这就是答应了。

可惜世事总不如人意。

LINE A ⇔

“我其实不是特别愿意去回忆那时候。”男孩儿很认真地看着我，“不是说不好，我都挺好的。只是对他而言，太煎熬。”

我想了想：“我记得你刚刚说有奇迹。”

“哦，是。”看得出他是想笑的，嘴角弯了弯，却半天没扯出笑来。“我说错了，那不算是奇迹。”

“那就是努力？”

“没有人不努力。”

“总有一个原因吧。”

“怎么说呢。”男孩儿抬手比画了一下，“我们不会刻意去放大外界因素，甚至会故意弱化，然后只看自己主观的部分，但是商人们——就是投资人，他们考虑得更多也更全面，我们的‘梦想’，在他们眼里不值一提。他们的努力在于找一个市场与需求之间的平衡，就算我们的梦想被看见了，充其量也只是他们天平上的一个砝码而已。”

他语气平静，我很讶异从他嘴里听到这些话。我以为他不会这样说，原来他们什么都懂，也并不吝于表达。

“每一个选择都有其背后的意义。”男孩儿说，“他被选择，也有各种各样的原因。这些因素交汇在一起，才能有‘奇迹’的出现。”

我抢了他的话：“那么你是在否认你朋友的努力了？”

“个人的努力太渺小，如果投资人们一开始就不打算看你，那就必须得付出比别人十倍、百倍的努力，才能得到他们的一眼，也只有一眼。说是这样说，可十倍、百倍的努力有多艰难呢？只有做过的人才知道。不仅辛苦，还看不到希望，付出的东西永远得不到回报，不会被看见——这就是煎熬。”

他放慢了语速：“到出结果之前，煎熬几乎是指数级增长着……好吧，我其实感受不到这种煎熬，他也从没有告诉过我。他就是这样的，压力自己扛，搞得我还得去猜他的心思，两个人都累。”

“所以你们没有开诚布公地谈一谈吗？”

“很难。”男孩儿飞快否定了我，“那种环境下，想说一句真心话就好像被人强行堵上嘴一样，你看着他的眼睛就会发现自己根本开不了口。劝也不是，骂也不是，那是一种感染力很强的不甘，一直持续到比赛最后三天，我感觉他想放弃了。”

放弃这个词让我有点意外："他真的这样想？"

"只能说，那是我的感觉。最后一天，是我们的总决赛表演，赛前采访时他被问到赛后安排，他说他想去旅游……我当时只有一个想法：要么是他疯了，要么是我疯了。他怎么能说出那种话——"男孩儿的情绪有些起伏，缓了缓才接道，"当然，也许还是有不甘心。他说话的时候正理衣领，领带还没系上呢就把衣领两边的纽扣扣上了……也不敢扭头看我，心虚也说不定？"他笑了笑，"糊弄采访吧，我也说不好。"

"这种细节你都记得啊。"

"我永远不会忘记。"男孩儿很笃定，"那一天，对我、对他，都很重要。粉丝们把那一天叫做'光荣日'，而对我们来说，那是新生命的一段起点，我们被更大的舞台看见，我们被赋予更大的价值——最重要的是，我和他没有分开。"

我感慨："你非常看重他，你们一定是关系很好的朋友。"

"那是当然。他做梦，我陪他做梦，他进步，我不想落后。既然已经在一起了这么久，没有分开的道理。"

我问："他也这么想吗？"

男孩儿很奇异地看了我一眼："你为什么会这么问。嗯……以前，是我不能没有他，那会儿我黏人，后来我觉得是他不能没有我。"他掩饰性地咳了一声，"这不是自恋，他很没有安全感。其实不存在谁离不开谁，只是他没有我的话，可能就更不愿意出去交朋友了。他擅长照顾人，但不擅长交友，我是说交际之类的，你懂我意思吧？"

他说话的样子很像个小大人。我忍不住笑他："是，我看出来了。你看着挺酷的，却很健谈，讲话也很成熟。你一定有很多朋友吧？"

男孩儿脸上的笑淡了："对啊。你不是第一个说我话多的，讲话成熟？有吗？”他并没有等我回答，“可能现在会考虑得更多吧，以前就不是这个样子的。我那时候，有点太天真了。”他忽然轻轻叹了口气，“现在说有什么用呢，我要是能早点想到，那就不是我了。”

LINE C ⇔

L站在舞台上，举目四望，有台下粉丝们追随的炙热目光，而更多的，是聚光灯无法顾及的角落里看不见的无尽黑暗。

这可能是他倒数第二次上舞台了。他很珍视舞台，所以每一次表演都全力以赴。他不想让期待着他的人们失望，也不想让自己留下遗憾。赛程走到这里，要是再强撑着说一些豪言壮语，那未免太不识时务。可能确实有些茫然不解，不知道自己到底在毫无所觉中失去了什么，但更多的，是对自己过去这四个月以来的反省与思考，到底是哪里做错了，让他错过了一些宝贵的机会——宝贵的、被更多人看到的机会。

只是现在说这些都没有意义了。事已至此，什么放弃、什么不甘心，都不再有意义，唯有脚下的舞台，在此刻显得珍贵无比。

他忽然想起有一年去Y家里跨年的事了。

那天Y的弟弟也在，可可爱爱的一个小男孩，很亲昵地扑过来，一口一个“哥哥”地叫着。Y在边上笑话弟弟又胖了，小男孩最听不得这个，张牙舞爪地要给哥哥两下。

兄弟俩在沙发那头打闹，他在这头看着。一种强烈的不真实感袭来，近乎眩晕，让他像浮在深海里，不着上下、不着左右、失去边际。

他们从来不属于他，但此时此刻，他们的世界里可以包容他。

这就够了。

决赛前采访时他甚至不敢去看 Y 的眼睛。是，他撒谎了，只是明晃晃的事实就摆在面前，少年人的澎湃意气不愿屈服，自以为看清结局的他却不得不屈服。

这个舞台多好啊。

他来这里就是为了追求舞台追求突破，好奇怪，明明都快抓住了，倏忽之间就失去。

他到底做错了什么？

选歌时他藏了私心，不管 Y 能不能注意到，那首歌送给 Y 也送给两年后的自己。

他压下低落的情绪，与同组的队友共同完成了最后一个舞台。

宣布排名时那种强烈的不真实感又再次包围了他，骤然回升的意气风发迅速打消了犹疑，却无法驱散这如影随形的梦幻。直到他站上代表着“十”的高台，看到那边的 Y，正一步一步，向他走来。

他微笑着张开手臂，拥抱了他。

LINE A ⇔

“欸，聊了这么久了吗。”男孩儿打了个呵欠，看了看手表，“哦，我朋友快到了。你呢？”

我扫了一眼机场大屏：“我也快了吧。”

男孩儿本来站起来了，又坐回去：“你侄女不是喜欢我朋友吗，一会儿他来了给你签个名？”

我讪讪笑了两声：“好啊，谢谢了，我还怕打扰你们呢。”

“很久没跟人聊过这些事，我以为再也不会说起了。”男孩儿坦然一笑，“在镜头前说也不适合。”

“你们现在还在唱歌跳舞吗？”

“我在演戏，他学音乐剧的，年底还有音乐剧巡演呢。”

听起来比唱歌跳舞高级一点。

“你是演员啊。”

“是啊。”

我忽然福至心灵：“哎呀，我在电视上见过你啊，我就说你眼熟！”

男孩儿赶紧“嘘”了一声，食指贴上嘴唇：“阿姨您千万别激动。”

“好，好。”我捂住嘴，“那个，你演戏挺好的。”

男孩儿弯弯唇角：“谢谢。”

远远的，我忽然听见有人在喊。我指了一下：“是你朋友在喊吗？”

“嗯。”男孩儿戴好帽子，我有点好奇，转身看过去，那是一个高高瘦瘦的年轻人，白净清冷，跟男孩儿的描述好像不太一样。

男孩儿跑过去接过年轻人手里的行李箱，在他耳边说了句什么，年轻人一脸讶异地看过来，然后走到我身边很温和地问：“我要签在哪里？”

我手忙脚乱地找纸笔，年轻人没有一点不耐烦，安安静静地站在那里，脸上带一点笑意，男孩儿在他边上刷手机。两个人之间没有交谈，但莫名能让人感受到他们之间的亲昵与默契。

签完名之后他们就准备走了。我也不知道自己是出于什么心理，对着他们即将远去的背影说道：“希望你们未来越来越好。”

年轻人好像轻轻笑了一下。

男孩儿回过头半摘下墨镜眨了眨眼：“谢了，我们会的。”

我朝他们挥了挥手。

希望这两个年轻的男孩儿未来前程似锦，如他们所言，可以好好追梦。

我祝他们好运。

END

# 留言版

MESSAGE BOARD

MESSAGE BOARD

MESSAGE BOARD

# 留言版

MESSAGE BOARD

MESSAGE BOARD

# MESSAGE BOARD

图书在版编目（CIP）数据

真相是真.2 / 西皮 主编.
—武汉：长江出版社，2020.8
ISBN 978-7-5492-7180-1
Ⅰ.①真… Ⅱ.①西… Ⅲ.①短篇小说-小说集-中国-当代Ⅳ.①I247.7
中国版本图书馆CIP数据核字（2020）第160400号



真相是真2 / 西皮 编著

出　　版　长江出版社
（武汉市解放大道1863号　邮政编码：430010）
选题策划　漫娱　李苗苗
市场发行　长江出版社发行部
网　　址　http://www.cjpress.com.cn
责任编辑　钟一丹
总 编 辑　熊　嵩
执行总编　罗晓琴
画　　手　熊　柏　BASU
装帧设计　肖亦冰　徐　蓉
印　　刷　武汉市金港彩印有限公司
版　　次　2020年8月第1版
印　　次　2020年9月第1次印刷
开　　本　787×1092mm 1 / 32
印　　张　7.5
字　　数　150千字
书　　号　ISBN 978-7-5492-7180-1
定　　价　39.80元


电话：027-82926557(总编室)　027-82926806（市场营销部）